어딘가에는

# 도심 속
# 철공소가 있다.

글 · 임다은

# 어딘가에는

# 도심 속

# 철공소가 있다.

이유출판

차례

# 대전에도 이런 곳이

◎

꽤 오랜 시간 대전에, 그것도 동구에서만 28년째 살아가고 있는 나에게 대전역 근처 원동 철공소 거리를 발견한 일은 꽤 충격적이었다. 원동은 내가 사는 곳에서도 아주 가까운 거리에 있었고, 그동안 수없이 드나들었던 대전역과도 가까웠기 때문이다. 이런 동네를 그동안 전혀 모르고 지냈다는 사실이 대전 시민으로서, 지역문화 활동가라는 사람으로서 부끄럽기도 했다. 원동을 만난 이후에는 이곳의 이야기를 나만 알면 안 될 것 같다는 생각이 들었다.

이 이야기가 한 권의 책으로 엮이기까지 운명이라 여겨지는 여러 우연이 차례로 겹쳤다. 시작은 2021년 늦봄이었다. 나는 대전문화재단에서 진행한 2021 지역리서치 사업에 구술기록팀으로 합류했다. 지역리서치 사업은 재개발로 사라지는 오래된 마을의 건축과 경관, 주민들의 근현대 생활문화를 기록하고, 다양한 문화예술 창작 활동으로 지역의 문화자

원과 가치를 재발견하는 사업이다. 2021년에는 대전역을 중심으로 한 정동과 원동의 기록을 담는 것이 과제였다. 목원대학교 산학협력단과 문화공간 '구석으로부터' 팀이 함께 프로젝트를 진행했다.

초여름으로 접어들던 6월 초, 프로젝트 팀과 함께 정동과 원동을 처음 답사하기 시작했다. 「반짝반짝 야시장 정동마켓」이나 「무궁화꽃이 피었습니다」와 같은 프로젝트를 진행하며 몇 차례 방문했던 정동의 골목과 달리, 원동의 철공소 거리는 그야말로 초행이었다. 좁은 골목으로 이어진 역전시장을 뚫고 지나며 철공소 거리를 처음 마주했던 순간을 아직도 잊을 수 없다. 낡은 간판과 듬성듬성 들려오는 시끄러운 기계 소리부터 골목 곳곳에 보이는 철 공예 작품 사이로 풍기는 녹슨 고철의 쇳내음까지, 그곳은 마치 오래전에 시간이 멈춘 동네 같았다.

이후 우리 구술기록팀은 천천히 동네를 탐색하며 구술자를 섭외하기 위한 작업을 진행했다. 그러다 7월 초, 대전의 원도심을 탐구하며 아카이빙하는 「오! 대전」 프로젝트와 연이 닿았다. 「오! 대전」 프로젝트는 대전대학교 커뮤니케이션디자인학과에서 매년 학생들의 졸업작품으로 진행하는 전시와 출판 프로젝트다. 나는 이 프로젝트 출판물의 교정·교열 작업을 맡기도 했는데, 제6회를 맞이한 2021 「오! 대전」

에서 기록한 지역이 마침 '창조길'이라 불리는 원동의 철공소 거리였다.

원동의 철공소 골목을 세세히 기록한 2021 「오! 대전」의 출판물은 내가 진행하는 지역리서치 사업을 준비하는 데에도 큰 도움이 되었다. 구술을 해줄 장인을 찾을 때도 사전 자료를 충분히 얻을 수 있었다. 지역리서치 사업을 진행하며 정동과 원동의 구술 작업을 마치고 나니 어느덧 10월 말이 되었다. 그즈음 「오! 대전」 프로젝트를 총괄하는 유정미 교수님이 원동 철공소 장인들의 이야기를 책으로 엮어 보자는 제안을 주셨다. 유 교수님은 이유출판 공동대표이기도 하다. 그의 제안으로 이 책이 시작되었고 수차례의 회의와 편집을 거쳐 이런 모습으로 완성될 수 있었다.

원동의 철공소 거리엔 서른 곳 남짓한 업장이 모여 있다. 그중에서 어느 분을 만나고 어떤 이야기를 나눌지 고민하고 편집진의 의견도 구했다. 그 결과, 무언가를 오랫동안 만들어온 장인들을 만나기로 했다. 모든 것이 기계화되고 자동화되어가는 시대에 여전히 손으로 만드는 일을 하는 분들이 남아 있는 거리, 여기 창조길 이야기를 들어보기로 했다.

이런 관점으로 세 분의 장인을 정하고 길을 나섰다. 세 분의 장인과 몇 차례 만나며 이분들의 긴 생애를 탐구했다. 취재를 마치고 보니 마침 세 분의 연령대가 70대, 60대, 50대였다. 덕분에 세대별로 다르게 원동 철공소 거리를 기억하는 장인들의 시각을 다양하게 느낄 수 있었다.

이분들을 만나기 전까지는 일상에서 마주치는 이런저런 철물들을 한 번도 유심히 바라본 적이 없다. 그것이 어디에서 왔고, 어떤 과정을 거쳐 내 손에 닿았는지 알지 못했다. 실은 궁금한 적도 별로 없었다. 멀게만 느껴졌던 차갑고 딱딱한 쇠붙이가 뜨겁고 특별하게 느껴진 건 강철 같은 장인들의 인생 이야기를 듣게 된 덕분이다. 그들의 치열하고 뜨거운 생을 활자 안에 모두 담기엔 턱없이 부족했다. 다만 이 책을 손에 들게 될 이들이, 어딘가에는 여전히 단단하게 빛나는 사람들이 존재하고 있음을 얼핏이라도 알게 될 수 있기를 바란다.

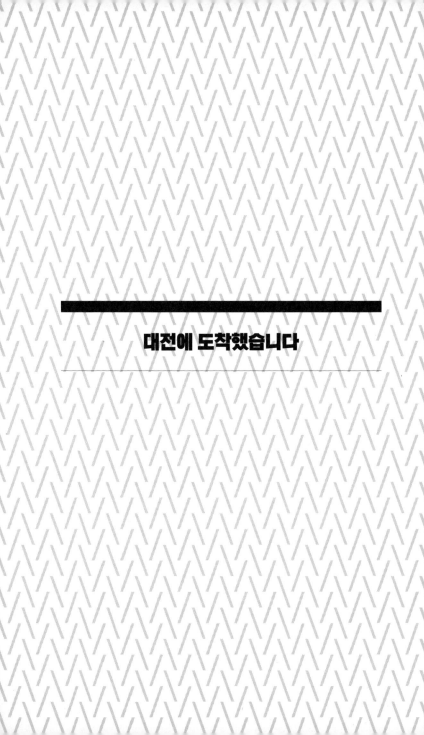

# 대전에 도착했습니다

## 나의 도시, 나의 동네

◎

누구에게나 고향이 있다. 내가 태어난 곳은 서울의 어느 병원이고, 유년 시절을 보낸 곳은 수원이다. 지금도 고향이라 하면 어릴 적 살았던 수원의 작은 동네가 먼저 떠오른다. 내가 살던 고향의 풍경은 한 지붕 아래 세 가족이 모여 살던 작은 집을 중심으로 펼쳐진다. 우리 집은 나란히 붙은 세 집 중 가운데 집이었다. 왼쪽 옆집에는 고운 할머니가 홀로 살고 계셨고, 오른쪽 옆집에는 나보다 두어 살 어린 귀여운 동생이 있어서 자주 함께 놀았다.

나는 일곱 살 무렵 수원을 떠나 대전이라는 도시에 처음 왔다. 귀금속 디자이너인 아버지가 귀금속 공장에 스카우트 제의를 받아 온 가족이 대전으로 이사를 오게 되었다. 고향의 사전적 의미대로라면 대전은 비록 '태어나서 자란 곳'은 아니지만, '마음속 깊이 간직한 정든 곳'은 맞으니 내게는 두 번째 고향이라 할 수 있다. 아주 어린 시절을 빼고는 대전에서 유

치원과 초등학교, 중학교, 고등학교, 대학교까지 모두 다녔으니 대전을 내 고향이라 부르지 않을 이유가 없다.

우리 가족에게 대전의 연고라고는 큰고모뿐이었다. 그래서 우리는 자연스레 큰고모 댁이 있는 자양동으로 자리를 잡았고, 그때부터 지금까지 한동네에서 살고 있다. 내가 대전에서 살아온 시간은 곧 대전 동구 자양동이라는 동네에서 살아온 시간과 일치한다. 자양동은 여느 도시와 비슷한 풍경을 띤 평범한 동네다. '자줏빛 볕이 드는 마을'이라는 뜻을 가진 자양동을 사랑하게 된 건 내가 많이 자란 나중의 일이다. 대학을 졸업한 후 지역문화와 관련된 일을 하면서 자연스레 내가 사는 동네에 관심을 가지기 시작했다. 늘 같은 자리에 있던 것이 갑자기 사라지는 모습을 보거나, 평소에는 무심코 지나쳤던 마을 구석의 작고 소중한 풍경을 깨닫고 나서부터, 나는 동네를 조금씩 기록하며 마음을 쏟기 시작했다.

한동네에 오랫동안 산다는 것은 아주 평범하면서도 때로는 특별한 일이다. 매일 걷는 길, 자주 가는 곳, 긴 시간의 발자국이 쌓인 풍경이 반복되는 일상은 지극히 평범하다. 눈을 감고도 걸을 수 있을 만큼 익숙한 거리를 매일 걷는 지루함을 견디며 사는 것이다. 하지만 언제부턴가 알게 모르게 조금씩 변해가는 동네 풍경을 마주할 때마다 나는 이상한 기분을 자주 겪었다. 이전에는 그토록 지루해 보이던 풍경이, 사라지고 무너져가는 걸 보면서 더없이 소중하고 특별해진 것이다.

우리 가족이 25년이 넘도록 자양동을 떠나지 않은 데에는 몇 가지 이유가 있다. 일단 아버지의 직장이 집에서 멀지 않아서였다. 아버지는 대전에 처음 왔을 때부터 지금까지 같은 직장에 쭉 다니고 계신다. 또 주택에 살던 큰고모가 이사 가면서 우리가 그 집에서 이어 살게 되었는데, 아버지가 직접 그린 도면으로 리모델링을 하고 오랜 시간 살다 보니 정이 들어 떠나기 어려웠다. 자양동이라는 동네가 대전역, 대전복합터미널, 대전IC와 가까운 위치에 있다는 것도 아주 큰 장점이다.

가끔 날씨가 좋은 날에는 집에서 대전역까지 슬슬 걸어가기도 한다. 천천히 20~30분 정도만 걸으면 대전역의 뒷모습을 만날 수 있다. 노을이 지는 시간과 맞을 때면 기가 막힌 풍경을 마주한다. 대전역의 뒤편인 동광장으로 향하는 길에는 대동천이 흐르는데, 그 주변은 옛 철도관사촌의 모습이 아직 남아있다.

소제동 철도관사촌 아래 대동천변은 봄이면 벚꽃길로 장관을 이룬다. 예전엔 사람들이 떠나 마치 버려진 듯했던 이곳이 지금은 오래된 모습을 살린 식당과 카페가 즐비한 거리가 되었다. 대전 시민뿐만 아니라 타지에서 온 관광객들도 대전역에서 내려 동광장 쪽으로 걸어 나와 소제동 골목을 많이 찾는다. 대전역의 앞모습을 볼 수 있는 서광장 쪽이 대전역의 얼굴이라면, 소제동은 대전역 뒤에 숨겨진 비밀스러운 아지트 같은 동네다. 시간이 멈춘 듯한 모습이 그대로 살아있다. 이제는 너무 핫한 동네가 되어 버렸지만.

내가 일하는 곳은 대동이라는 동네인데, 자양동의 바로 옆에 있다. 소제동에서도 걸어갈 수 있는 위치에 있다. 소제동과 자양동, 대동은 모두 이웃하고 있는 짝꿍 동네이다. 대동에는 대동하늘공원과 대동벽화마을이라는 나름 유명한 관광명소가 있다. 나는 그 관광지 아래에서 2019년 봄에 작은 동네 책방 겸 로컬숍을 열었다. 이곳에서 대전을 찾은 이들에게 지역 작가나 출판사의 책과 대전을 상징으로 만든 굿즈를 소개하며 판매하고 있다.

자양동 토박이인 나에게 대동은 만년 짝꿍 같은 동네다. 지리상으로 바로 옆에 있을뿐더러, 내가 다닌 고등학교가 대동에 있어서 한때는 매일 지나던 곳이기도 했다. 그런 곳에서 내가 창업을 하게 될 줄은 전혀 몰랐다. 하긴 대전에 처음 발을 디딜 때까지만 해도 내가 대전이라는 도시를 이렇게 사랑하고 오래도록 머물게 될 줄도 몰랐으니, 역시 사람 일은 알 수가 없다.

가게에는 대전 시민뿐만 아니라 전국 각지에서 온 여행자가 방문하기도 하고, 가끔은 외국인이 찾아오기도 한다. 이런

저런 이유로 대전을 여행하는 이들을 만나면 그들의 속닥거림을 듣는 것만으로 기분이 좋아진다. '대전은 이런 도시야.', '대전에는 이게 유명해.', '여기도 가볼까?' 등등 여행자들의 대화를 엿듣다 보면 나도 여행자가 된 듯 설레는 기분이 든다. 이따금 대동역 지하철 위치를 묻거나 대전역의 방향을 찾는 분에게 길을 알려주고 지도를 드리기도 한다. 여행의 시작 혹은 끝자락에 가게를 찾는 분들이 많은 것은 여기가 대전역과 멀지 않아서인 듯하다.

이래저래 나의 도시, 나의 동네를 이야기하자면 대전역과의 연결고리를 끊을 수 없다. 누군가에게는 떠남의 공간인 대전역이 내게는 머묾의 공간인 셈이다. 하지만 나름대로 내 구역이라고 생각하는 대전역임에도 불구하고, 여전히 내가 모르는 이야기가 많다. 그리하여, 대전을 향한 나의 마음을 도착과 출발의 공간인 대전역에서부터 다시 시작해보려 한다.


## 대전역의 시간

◎

대전이 어떤 도시냐고 물으면 많은 이들이 대부분 '과학'과 '교통'을 손에 꼽는다. 카이스트와 대덕연구단지, 대전 엑스포부터 대전사이언스페스티벌까지, 대전에는 첨단과학의 도시다운 시설과 행사가 즐비하다. 또한 대전이 과학의 도시라는 이미지와 더불어 교통의 도시로 불리는 이유로는 지리적인 위치가 한몫할 것이다. 대한민국의 중심부에 위치해 어느 곳이든 이동하기 편리하기 때문이다. 또 다른 이유는 바로 대전역에서 찾을 수 있다.

대전은 1905년 경부선 철도 개통을 시작으로 급격히 발전했다. 대전역이 세워지자 그 주변으로 자연스레 사람이 몰려들고 경찰서와 우체국, 은행, 극장, 상점가, 철도관사 등의 건물이 생기며 도시가 형성되었다. 근대도시 대전이 본격적으로 시작된 것이다. '한밭'이라 불리던 작은 마을에서 대도시로 성장하기까지 대전역이 큰 몫을 해낸 셈이다.

대전역의 정문이라 할 수 있는 서광장으로 나와 좌우로 고개를 쭉 돌려보면 대전 원도심의 분위기가 어렴풋이 느껴진다. 여느 도시의 원도심과 크게 다르지 않은 익숙하고도 튀지 않는 풍경이다. 다닥다닥 모여있는 낮은 건물과 빛바랜 간판이 덕지덕지 붙어있는 풍경을 마주하면 그 정겨운 모습에 어딘지 모를 반가운 마음이 먼저 든다.

대전역에서 옛 충남도청의 방향으로 쭉 길을 걷다 보면 곳곳에 근대 건축물도 눈에 띈다. 또 대전역 앞쪽으로는 중부권 최대 규모의 전통시장인 중앙시장이 크게 자리하고 있어 원도심에 활기를 더해준다.

중앙시장에도 맛있는 먹거리가 넘치지만, 아무래도 대전역의 명물로 손꼽히는 것은 바로 '가락국수'이다. 이 가락국수가 유명해진 데에는 재미난 사연이 있다. 경부선 철도 개통에 이어 1914년에는 대전에 호남선 철도가 개통되었다. 경부선에서 호남선으로 갈아타려면 꼭 대전역을 거쳐야만 했다. 이때 열차의 방향을 바꾸기 위해 기차가 잠시 멈추었는데, 승객들은 환승을 기다리는 잠깐의 짬을 이용해 승강장에서 재빨리 가락국수를 먹곤 했다. 짧은 시간에 기차역에서 후루룩 먹는 국수 한 그릇이라. 생각만 해도 군침이 돈다.

이렇게 가락국수는 대전역의 별미로 아주 유명해졌다. 이후에는 호남선이 대전역을 거치지 않고 서대전역으로 분기하는 구조로 바뀌어서 이제는 열차의 승강장에서 가락국수를 맛볼 수는 없게 되었다. 하지만 대전역과 그 주변에 있던 가락국수집들의 추억과 흔적은 아직도 남아있다. 나도 역시 가끔 기차를 타기 전에 식사 시간이 애매할 때면 대전역에서 가락국수 한 그릇을 먹고 떠나곤 한다. 잘 알지도 못하는 그 시절의 추억을 괜히 떠올리면서.

대전역의 열차 하면 '대전발 0시 50분'의 이야기도 빼놓을 수 없다. '대전발 0시 50분'은 「대전 부르스」에 등장하는 노랫말이다. 이 곡은 대전역에서 이별하는 아픔을 노래하는 애절한 분위기의 블루스곡이다.

「대전 부르스」 노래의 배경이 되었던 대전역의 모습은 지금의 모습과는 많이 달랐을 것이다. 1905년에 건립된 최초의 대전역은 단층으로 된 아주 소박한 모습이다. 일본 교토의 리츠메이칸대학교 평화박물관에 소장된 자료가 2019년에 발견되면서 대전역의 최초 모습이 뒤늦게 알려졌다.

이후 1918년에 개축된 2층 규모의 목조 건물은 뾰족하게 솟은 두 개의 첨탑 사이에 시계가 달린 모습이 눈에 띈다. 당시 일본과 서양의 건축양식이 혼합된 특징이 그대로 담겼다. 이 건축물은 한국전쟁 때 폭격으로 인해 흔적도 없이 사라졌고, 지금은 빛바랜 사진으로만 존재할 뿐이다. 이후 1958년에 대전역사가 새로이 지어졌고, 1970년에는 자갈밭이었던 광장 바닥이 시멘트로 바뀌었다. 1980년대에는 민주화운동을 위해 모인 시민들이 가득 찰 만큼 대전역 서광장은 전국에서 가장 넓은 광장으로 꼽혔다.

1990년에는 광장 가운데에 휴게실이 자리 잡은 모습을 볼 수 있는데, 이후 2005년에 동서 관통 도로가 개통하면서 광장의 중앙부가 지하로 들어가는 도로로 변해 광장의 기능이 대폭 축소되었다. 2009년에는 대전 시민들에게 쌍둥이 빌딩이라 불리는 코레일과 한국철도시설공단의 사옥이 150m의 똑같은 높이로 대전역 뒤쪽에 나란히 세워졌다. 이후 2017년에는 대전역이 새롭게 리모델링되어 더욱 넓고 깔

©추세아

1918년에 개축된 대전 역사 모습. 본 건물은 2층으로, 부속건물은 단층으로 지어졌다.
서양의 신고전양식과 일본의 목조양식이 결합된 절충식 건물이다.

끔한 모습으로 탈바꿈했다. 2016년 7월에 개봉한 영화 「부
산행」에서는 리모델링을 하기 바로 이전의 대전역 모습이 담
겨있는 것을 볼 수 있다. 다만 쏟아지는 좀비들로 인해 대전
역의 모습을 온전히 보기는 어렵다.

대전역은 끊임없이 변화를 해왔지만, 대전역의 정문으로
나와 조금만 걸어 나가면 오랜 시간의 흐름을 여전히 느낄
수 있는 골목이 이어진다. 대전역 서광장으로 나왔을 때 만나
는 동네는 정동과 원동 지역이다. 정동에서 원동으로 이어지

는 역전시장을 지나 골목으로 더 깊이 들어가면 도심 한구석에 철공소 거리가 펼쳐진다. 이곳이 바로 현재 '창조길'로 불리는, 이 책의 주제가 될 장소이다. 대전광역시 고윤수 학예연구사에 따르면 과거 일제시대 때는 철도 관사촌과 '대정사'라는 일본 사찰, 그리고 미곡검사소가 위치했던 곳이다. 이후 1950년에 생긴 '남선기공'이라는 공업사를 시작으로 이 일대는 점차 철공소 거리로 확장됐다. 전성기 때는 대전의 미니공단으로 불렸고, 지금은 창조길이라는 새로운 이름으로 불리는 곳. 이곳에는 저마다 다른 기술을 가진 장인들이 각자의 자리에서 부지런히 움직이며, 도시 역사의 한 페이지를 지금도 열심히 쓰고 있다.

# 도심 속 철공소에서

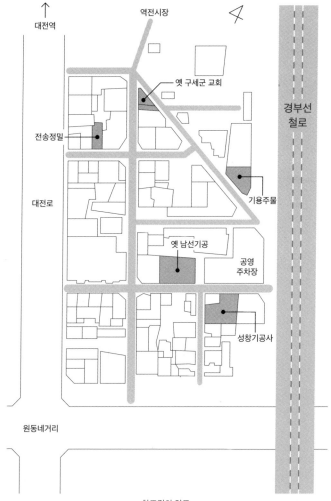

대전역

역전시장

옛 구세군 교회

전송정밀

대전로

기용주물

옛 남선기공

공영
주차장

성창기공사

경부선
철로

원동네거리

창조길의 약도.
이 책에 나오는 장인들의 작업장, 주요 가로와 시설물 등을 회색톤으로 표시했다.

## 기찻길 옆 미니 공단

◎

대전역 서광장에서 걸어 나와 왼쪽을 바라보고 대전역 지구
대 옆 골목으로 들어서면 역전시장으로 길이 이어진다. 깔끔
한 간판과 번듯한 아케이드, 꽤 널찍한 규모로 잘 정돈된 중
앙시장에 비해, 역전시장 초입은 옛 시장의 정겨운 모습이 아
직도 많이 남아있다. 무지개색 파라솔 아래에 투박하게 놓인
각종 농산물과 과일, 생선, 건어물 등이 두세 사람이 겨우 지
나갈 만한 좁은 골목 양옆에 줄지어 사람들을 반긴다.

한국전쟁 때부터 조성되어 70년의 전통을 자랑하는 역전
시장은 대전시의 역사와도 그 맥을 같이 한다. 주변 지역의
농민들이 기차역과 가까운 대전역 광장에 나와 물건을 팔며
형성된 이 시장은 좋은 농산물이 많아 한때 최고의 전성기를
누리기도 했다. 하지만 지금은 화려했던 시절의 흔적을 찾아
보기 어렵다. 역전시장 골목으로 깊숙이 들어갈수록 점포도
점점 줄어들고 왕래하는 사람도 적어진다.

창조길 입구에 자리한 대전슈퍼 휴게실. 교회의 기능은 사라졌지만 건물의 윤곽은 남아 있다.

  낡은 건물 사이사이에 여인숙 간판도 자주 보인다. 앞으로 난 길을 따라 계속 걷다 보면 눈에 띄는 독특한 옛 건물도 마주칠 수 있다. 앞쪽 1층은 대전슈퍼 휴게실이라는 글자가 적힌 노란 간판이 달려 있고, 그 뒤쪽은 붉은 벽돌로 된 2층짜리 고딕양식의 건물로 되어 있다. 이 건물은 1950년대에 구세군교회로 사용되었다는데, 1989년에 구세군교회가 가양동으로 이전하면서 현재는 슈퍼로만 활용되는 것으로 보인다. 이 독특한 건물을 지나 더 안쪽으로 들어서면 역전시장과

남북 방향으로 200여 미터 가량 이어지는 창조길의 중심 거리

는 또 다른 세계가 펼쳐진다.

한때는 대전의 미니 공단이라 불리며 쉼 없이 공장이 가동
되던 곳. 지금도 서른 개 남짓한 철공소들이 자리를 지키고
있는 이 지역은 현재 창조길이라 불리는 동구 원동의 철공소
특화 거리다.

빼곡히 들어선 공장에서 밤낮없이 기계가 바삐 돌아가던
과거에 비하면 지금은 다소 한적한 동네로 보인다. 그래도 골
목 곳곳을 누비다 보면 여기저기서 베테랑 철공 장인들이 열

옛 남선기공 건물. 지금은 복합문화공간으로 활용되고 있다.

심히 작업하는 모습을 볼 수 있다. 크고 작은 작업장에서 자
신만의 기술을 가지고 오랜 시간 힘써온 장인들이 이곳에 모
여있다. 낡고 빛이 바랜 간판을 보면 이들의 고단했지만 화려
했던 시간의 무게를 고스란히 느낄 수 있다.

　창조길에서 단연 눈에 띄는 건물은 붉은 벽돌에 톱날형 지
붕을 지닌 근대 건축물이다. 지금의 역전시장 공영주차장 바
로 옆에 있는 이 건물은 과거에 '남선기공'의 공장으로 사용
되었다고 알려진다. 남선기공은 1950년에 대전에 처음으로

설립된 공작기계 제조업체였는데, 대전 지역 최초의 공업사이자 국내 공작기계 제조업체 가운데 가장 오랜 역사를 지닌 곳이기도 하다. 남선기공 출신의 장인들이 그 주변에 또 다른 공장들을 차리면서 원동은 자연스레 철공소 거리가 되었다.

1975년에 남선기공은 대덕구 대화동으로 공장을 이전했고, 이 건물은 '한국특수주강'과 '원동공업사'의 공장으로 활용되다가 유휴공간이 되었다. 이후 2017년에 역전시장 공영주차장 준공으로 공장 인부들의 기숙사로 사용되었던 건물이 먼저 철거되었고, 2019년에 남아있던 공장 건물의 일부도 안전상의 문제로 철거되었다. 철거되지 않고 남은 공간은 이후 예술가들이 작품을 펼쳐 보이는 장으로 활용되기도 했다.

현재는 남선기공이 원동 철공소 거리에 있지 않지만, 남선기공의 흔적은 지금까지도 창조길에 남아있다. 남선기공이 처음 설립된 1950년은 한국 공작기계 산업이 태동하기도 전이었다. 공작기계란 기계를 제작하기 위한 기계를 뜻하는데, 모든 제조업의 기초가 되는 기계라고 볼 수 있다. 남선기공은 일본의 관련 분야 대표 기업인 시즈오카와 기술 제휴를 하며 공작기계의 국산화를 이루었다. 국내 최초의 공작기계를 남선기공에서 제작했으니 그야말로 공작기계의 선두주자였다.

남선기공을 세운 손중만 1대 회장은 대전에서 ㈜만중을 세워 주물 사업을 처음 시작했다. 창업의 역사가 벌써 70년을 훌쩍 넘는다. 대한민국 기계 산업의 발전을 위해 지금까지도 기업의 맥을 이어오고 있다. 현재는 손중만 1대 회장의 아들인 손종현 회장이 남선기공을 이끌고 있다. 남선기공의 기술력은 해외에서도 인정받으며 여전히 건재하다.

이렇게 남선기공을 시작으로 형성되기 시작한 원동의 철공소 거리는 점차 수많은 철공소로 가득 찼다. 1975년에 남선기공이 대덕구에 조성된 대전 1산업단지로 이전했지만, 원동에 남은 철공소들은 1970년대 후반부터 대전의 미니공단으로 불리면서 호황기를 맞았다. 다양한 기술이 집적되어 필요한 것은 무엇이든지 뚝딱 창조해내는 그야말로 '창조길'이었다. 커다란 기계들이 쉴 틈 없이 돌아가고, 일하는 직원들도 많아져 근처에는 식당과 여관, 하숙집도 점차 늘어갔다.

그러나 1979년에 대덕구에 대전 2산업단지가 생기면서 창조길에 있던 많은 공장과 철공소들이 하나둘 이전하기 시작했다. 또 1985년 이후에는 둔산 신도시가 개발되면서 대전역 주변의 원도심은 점차 낙후해갔다. 공장과 철공소들이 사라지고 사람들의 생활권이 옮겨가자 동네는 점점 쇠퇴할 수밖에 없었다. 사람들의 발길이 끊기자 주문도 줄고, 사건 사고가 끊이지 않는 우범 지역으로 전락해 치안도 나빠졌다. 게다가 손님이 끊겨 어려워진 여관이나 여인숙에서 불법 성매매가 이루어지는 등 악순환이 이어졌다.

이후 2018년에 역전시장 공영주차장이 생기면서 많은 공장이 철거되었고, 옛 골목의 흔적도 사라졌다. 그럼에도 불구하고 끝까지 자리를 지킨 30여 개의 철공소가 현재 창조길에 남아있다. 장인들은 이곳에서 기계를 돌리고 공장을 가동하며 하루하루 부지런히 삶을 이어간다. 전성기 때의 모습은 많이 잃었지만, 기찻길 옆 미니 공단은 오늘도 여전히 돌아가고 있다.

## 철공소에 피어난 예술

◎

과거의 영광을 뒤로 하고, 역사의 한 페이지로 덮여버릴 뻔했던 이 창조길의 이야기를 세상 밖으로 다시 꺼낸 것은 바로 예술가들이었다. 녹슨 고철의 투박한 질감과 쇠가 부딪치는 소리, 낡은 간판의 불빛과 장인들의 땀 내음이 뒤엉킨 이 원동 골목은 예술가에게 많은 자극과 영감을 주기에 충분했다.

대전역을 중심으로 2017년부터 원동에서 정동 일대까지 '무궁화 꽃이 피었습니다'라는 이름의 마을 미술 프로젝트가 시작되었다. 대전역에서 나와 오른쪽으로 걸어가면 만날 수 있는 정동 골목은 성매매 집결지라 이전에는 청소년 통행금지 구역이기도 했다. 이 골목에서부터 원동 철공소 골목까지

마을 미술 프로젝트로 탄생한 창조길 지킴이. 멀리 대전역 철도 사옥 쌍둥이 빌딩이 보인다.
철에서 태어난 이 지킴이는 강철로 지어진 쌍둥이 빌딩과 자기가 친족관계라고 주장하는 듯하다.

예술가들의 손길이 하나둘 닿기 시작했다. 삭막했던 거리가 재미있고 독특한 업사이클링 작품으로 채워졌다.

또 「무궁화 꽃이 피었습니다」 프로젝트를 이끈 사단법인 대전공공미술연구원의 사무실이 창조길에 위치한 옛 원동 사무소의 자리로 옮겨 오면서 2017년에 '무궁화 갤러리'를 열었다. 무궁화 갤러리는 원동 철공소 거리와 아주 잘 어울리는 모습으로, 고철과 낡고 오래된 물건들이 건물 외벽에 덕지덕지 붙어있다. 업사이클링의 매력을 느낄 수 있도록 꾸며진 이곳에서는 공업사가 많은 원동의 특징을 보여주는 흥미로운 전시가 종종 열린다.

이렇게 쇠퇴했던 거리에 문화예술의 숨결이 닿자 창조길 골목에도 조금씩 생기가 돋아났다. 2019년에는 대전테크노파크에서 원동에 있는 또 하나의 유휴공간이었던 건물을 리모델링했다. 과거에 목욕탕, 여관, 교회 등으로 쓰이다가 방치되어 있던 건물이 '창조길 대장간'이라는 공간으로 재탄생했다. 이곳은 철공소와 연계한 문화상품을 개발하고, 지역 주민을 위한 문화공간의 역할을 하기 위해 만들어졌다. 이러한 거점 공간들을 통해 자연스레 철공소 장인들과 지역 주민들의 네트워크가 생겨났고, 다양한 프로그램도 펼쳐졌다.

특히 창조길 대장간에서 열린 「2019 철공 매스티지 전시회」는 장인들의 예술혼을 불러일으키는 계기가 되었다. 예술 작가들과 원동 철공소의 장인들이 함께 만나 멋진 철공 예술 작품을 만들었다. 진돗개, 말, 돼지, 부엉이, 통신병, 꽃, 지도, 솟대, 선인장, 로켓 등 다양한 예술 작품이 창조길 장인들의 손끝에서 탄생했다. 쓸모를 잃은 고철과 쇠붙이들이 위트 있는 작품이 된 것을 보니 신선했다.

원동 철공소 거리에 대한 관심은 여기서 끝나지 않았다. 2021년에는 대전대학교 커뮤니케이션디자인학과 학생들의 졸업작품이자 학교의 전통으로 자리한 대전 원도심 프로젝트 「오! 대전」이 제6회를 맞이해 원동의 '창조길'을 소개했다. 그간 뚜렷하게 정리되지 않았던 원동 철공소 거리의 이야기를 다양한 형식의 콘텐츠로 아카이빙하여 출판과 전시의 형태로 많은 이들에게 소개했다. 나 역시 대전역 아주 가까운 곳에 있던 철공소 거리의 존재를 제대로 알게 된 것이 바로 이 「오! 대전」 프로젝트를 통해서였다.

우연히 알게 된 원동 철공소 거리는 그 존재를 발견한 것 자체로 아주 흥미로웠다. 마치 대전역이라는 등잔 밑에 가려져 있어 미처 알지 못했던 보물을 발견한 기분이었다. 그것은 깊은 바닷속에 오래 묻혀 삭은 보물도, 먼지가 층층이 쌓인 낡은 보물도 아니었다. 여전히 반짝이고 매혹적인, 살아있는 보물이었다. 단지 등잔 밑이 어두워서 잘 몰랐을 뿐이다.

「오! 대전」 프로젝트가 열린 같은 해에 대전문화재단에서

옛 남선기공에서 열린 지역리서치 결과보고전 「기록은 그 흔적을 남긴다」

진행한 지역리서치 사업이 있었다. 이 사업을 통해 원동 철공소 거리 한복판에 '기록사무소'라는 공간도 생겨났다. 이 공간을 거점 삼아 「철길 옆, 정동과 원동의 다층적 기록」이라는 이름으로 대전의 다양한 장르별 예술가들과 건축 연구자들이 함께 이곳을 탐구하고 기록했다. 나 또한 이 프로젝트의 구술기록 작업에 함께 참여하게 됐다. 덕분에 정동과 원동의 철공소를 이끄는 장인들을 자연스레 마주할 기회를 얻었다.

처음에는 낯설었던 원동의 철공소 골목은 여러 번 오가다 보니 점점 익숙한 거리가 되었다. 마치 이전부터 알던 동네마냥 역전시장 공영주차장 안쪽에 장승처럼 우뚝 선 커다란 강철 로봇 '창조길 지킴이'와 인사 나누는 일도 익숙해졌다. 딱딱하고 차가운 철을 다루는 분들이라 다가가기 어려울 거라는 생각은 불필요한 걱정이었다. 불쑥 찾아오는 낯선 이에게도 따스한 미소로 반겨주는 그들이었다. 오랜 세월 같은 일을 지속하며 지금까지 자리를 지켜온 장인들에게는 강철만큼이나 단단한 자부심이 느껴졌다.

지역리서치 사업은 건축 연구자와 여러 예술가의 작업을 모아 「기록은 그 흔적을 남긴다」라는 이름의 전시로 갈무리되었다. 전시는 2021년 12월부터 이듬해 1월까지 원동의 철공소 거리 가운데 있는 붉은 벽돌의 옛 남선기공 건물에서 펼쳐졌다. 그동안 방치되어 잘 활용되지 못했던 공간을 예술이 꽃피는 공간으로 부활시킨 시간이었다. 과거 원동 철공소의 역사와 흔적이 조금이나마 남아있는 공간이었으니 과거와 현재가 만나는 시간이기도 했다.

이렇게 여러 프로젝트를 통해 예술가들이 창조길을 찾아갔지만, 실은 창조길의 모든 장인이 다 예술가나 마찬가지였다. 모두 저마다 자신만의 아이디어와 기술을 가지고 작품으로 표현하며 사람들에게 감동을 주었다. 또한 특별한 예술 작품이 아니더라도 오랜 시간 한자리에서 꾸준히 자기 일을 해온 장인들의 삶 자체가 바로 창조적 작품이었다.

창조길에 남아있는 철공소 장인들은 각자의 삶을 묵묵히 살아내며 조금씩 불어오는 변화의 바람을 조용히 받아들이고 있다. 때로는 불안하지만 부지런히 자신과 주변의 일상을 지키며 살아간다. 그동안 수없이 흘린 장인들의 땀과 눈물이 연료가 되어 기계를 움직여 왔으며, 지금껏 지켜온 기술과 자부심이 긴 시간을 버텨온 원동력이 되었을 것이다. 오늘도 창조길의 기계는 잘도 돈다. 아주 창조적으로.

# 장인을 만나다

"철공소 사람들이 악하지를 못해, 대신 입은 걸어.

욕도 잘하고, 입은 걸은데 실제 마음은 약해.

약해서 남한테 악하게 하는 사람들이 없어."

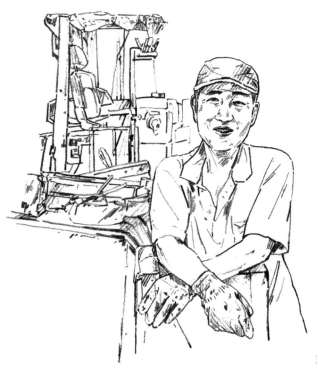

## 주물 기술자의 삶 | 송기룡 장인 (기용주물)

◎

우리 집에는 놋그릇이 몇 개 있다. 놋그릇을 사랑하는 나의 어머니는 오랫동안 놋그릇을 하나둘씩 모으셨다. 평소에는 잘 쓰지 않다가, 새해 첫날에 떡국을 먹을 때나 집에 손님이 오셨을 때 놋그릇에 음식을 담아 내놓는다. 놋그릇은 씻기도 번거롭고 무겁지만, 그곳에 담긴 음식을 보면 한껏 대접받는 기분이 든다. 어머니가 놋그릇을 좋아하는 이유는 추억 때문이다. 어린 시절 놋그릇을 닦고, 그곳에 음식을 담아 먹었던 기억을 오래도록 잊지 못하신다 했다. 집이 아닌 다른 곳에서 놋그릇을 보게 된 건 기용주물에서였다. 그때까지도 잘 몰랐다. 놋그릇이 무엇으로, 어떻게 만들어지는 것이었는지.

송기룡 장인은 원동 창조길에서 유일하게 남은 주물 공장을 운영하고 있다. 요즘 사람들에게는 '주물'이라는 단어가 생소하다. 주물은 금속을 고온의 불에 녹여 만든 쇳물을 거푸집 틀에 붓고 응고시켜서 원하는 모양의 금속 제품을 만드는 것을 뜻한다. 대표적인 주물 제품이 가마솥이다. 과거에는 가마솥을 사용해서 밥을 해 먹었기 때문에 주물 제품이 일상 속에 주를 이루었다. 그러나 시간이 흐르고 주거 문화가 변화함에 따라 주물 산업은 조금씩 쇠퇴하기 시작했다. 가마솥이 있던 자리는 가스레인지나 전기밥솥 등 새로운 가전제품이 대신 차지했다. 지금은 시골 할머니 댁이나 예능 프로그램에서나 가마솥을 겨우 구경할 수 있다.

주물 일은 워낙 고된 작업인데다, 고철값은 점점 높아지는데 납품단가는 낮아지다 보니 주물 산업을 이어나갈 다음 세대를 찾기 어려운 게 현실이다. 이러한 상황 속에서도 송기룡 장인은 매일 아침 어김없이 공장으로 발걸음을 옮기며 꿋꿋이 주물 공장의 자리를 지켜오고 있다. 오전 8시쯤 집에서 나와 하나뿐인 손자를 학교에 데려다주고 공장으로 출근하면 8시 20분 정도가 된다. 일이 있든 없든 늘 같은 시간, 기용주물의 문을 활짝 연다.

"여기가 고향 같아. 뭐 제2의 고향. 오면 편해. 그냥 아침 먹으면 자동으로 여기 나오게 되는 거야. 자동으로. 오면 이제 여기 주위 사람들하고 얘기 좀 하면 시간 금방 가고 편해."

기용주물 공장 출입문에는 커다란 그림이 그려져 있다. 뜨

기용주물 출입문에는 주물 작업을 하는 송기룡 장인의 모습이 그려져 있다.

거운 불 앞에서 열심히 쇳물을 만들며 주물 작업을 하는 장인
의 모습이 그림 속에 고스란히 담겨있다. 마을 미술 프로젝트
로 대전공공미술연구원의 작가들이 그려준 그림이다. 파란 배
경에 대비되어 붉게 타오르는 불꽃의 모습이 장인의 열정을 보
여주는 듯하다. 사실 쇳물을 녹일 때 불꽃은 붉은색만 띠는 것
이 아니다. 1800도가 넘는 온도에 펄펄 끓는 쇳물 안에는 구리,
주석, 아연, 알루미늄 등 여러 가지 금속 재료가 들어가는데, 구
리를 녹일 때는 초록빛의 불꽃도 볼 수 있다. 두세 시간 가까이

한참 쇳물을 녹여야 본격적인 주물 작업을 시작할 수 있다.

주물 과정이 궁금하다는 말에 장인은 말보다는 몸을 먼저 움직이셨다. 납품하기 위해 작업 중인 물건을 직접 가져와 보여주며 설명하는 것도 모자라, 이른 아침부터 주물 작업을 준비하는 과정까지 몸소 보여주셨다. 주물 작업을 위해서 가장 오랜 시간을 쏟는 것은 쇳물을 녹이는 일이지만, 거푸집을 만드는 데 사용하는 주물모래를 준비하는 일도 적잖이 품이 든다.

주물모래는 일반 모래와는 달리 진한 흑색을 띠는데, 마치 연필심의 색과 비슷하다. 알갱이 크기는 모래와 진흙의 중간 정도로 보이는데, 모래처럼 잘 흩어지지도 않고 진흙처럼 너무 차지지도 않은 특성을 지녔다. 어떤 금속을 녹여 작업하느냐에 따라 주물모래의 종류도 달라지는데, 공통적으로는 뜨거운 쇳물을 버텨내야 하므로 내화성이 좋아야 한다. 또한 가스가 잘 빠져나갈 수 있도록 통기성이 좋아야 하고, 거푸집을 잘 잡아줄 수 있도록 강도가 단단해야 한다. 적절한 수분을 유지해주는 것도 중요해서 꽃에 물을 주듯 모래에 물을 뿌려주기도 한다.

"(모래에) 대충 물 뿌리는 것처럼 보이지? 이래 봬도 다 원칙이 있는 거여. 이렇게 적절한 수분을 잘 유지해줘야 한다고. 그냥

주물모래에 물을 뿌리는 송기룡 장인

하는 것 같아 보여도 다 이유가 있어."

무심한 듯 보여도 장인의 모든 움직임에는 오랜 기술과 노하우가 깊게 배어있었다. 어느 것 하나도 그냥 대충하는 것이 없었다. 그만큼 주물 작업은 예민하고도 위험한 작업이었다. 아주 오랜 시간 동안 같은 작업을 수없이 반복했을 테지만, 장인은 매번 모든 과정 하나하나에 정성을 다했다.

주물모래가 잘 준비되면 나무로 만든 목형 틀 안에 미리 만

쇳물을 녹이는 송기룡 장인

들어둔 금형 판을 잘 맞춰 넣는다. 금형 판은 의뢰받은 형태에 맞게 쇠를 자르고 붙여서 주물 작업 전에 미리 만들어둬야 한다. 장인이 주물로 작업하는 물건은 전기 스위치 커버나 팬, 밸브, 공장 부속품 등 다양한데 주로 자동차 도금공장으로 납품된다. 크기와 모양, 무게도 모두 천차만별이다. 이렇게 미리 준비한 금형 판 위에 주물모래를 체에 걸러서 채워 넣는다. 그다음 모래를 판판하게 잘 눌러 다지고, 가운데에 쇳물을 넣을 수 있도록 구멍을 뚫는다. 완성된 모래 거푸집은 용광로 옆 작업공간에 차곡차곡 나란히 배열해 둔다. 여기까지가 본격적인 주물 작업을 시작하기 전에 미리 해둬야 하는 작업이다.

작업공간을 다 만들어 놓고 난 뒤에는 펄펄 끓는 쇳물의 불순물을 제거한다. 바가지라고 부르는 기다란 국자처럼 생긴 무쇠 도구를 쇳물에 풍덩 담가 들어 올리는 장인의 얼굴이 쇳물만큼이나 붉어진다.

"이거 한번 들어 볼텨? 보기엔 쉬워 보여도 엄청 무거워."

장인의 말씀이 끝나기가 무섭게 쇳물 담는 빈 바가지를 건네받았는데, 쇳물에 담가보기는커녕 바가지를 드는 것조차도 너무 무거워 힘이 들었다. 칠십이 넘은 연세까지 이 무거운 쇠바가지를 들고 50년 넘는 시간 동안 주물 작업을 해왔을 장인의 긴 세월이 아득하게 느껴졌다. 결국 나는 맥없이 바가지를 도로 장인에게 건네드렸다.

불순물 없는 깨끗한 쇳물이 준비되면, 모래 거푸집의 구멍 속으로 쇳물을 부어 넣는 일만 남았다. 무거운 쇠바가지 속에 어마어마하게 뜨거운 쇳물을 담아, 자그마한 구멍으로 잘 부어야 하는데, 정말 숙련된 고도의 기술이 필요한 작업이다. 하나씩 차근차근 쇳물을 부어 굳고 나면 모래를 헤집어 완성된 물건을 공기 밖으로 꺼내어 둔다. 뜨거웠던 쇳물이 모래

목형 틀 안에 금형판을 세팅하고 나면 주물작업의 준비과정이 끝난다.

속에서 딱딱하게 굳어 하나의 형태를 갖춘 모습으로 탄생한
다. 작업을 마치고 남은 쇳물은 모래를 적당히 파내서 그 안
에 붓고, 다음 작업에 또 녹여서 사용할 수 있도록 굳혀둔다.

추운 겨울에도 이렇게 주물 작업을 한창 할 때는 찜질방과
비교할 수 없을 정도로 공장이 뜨거워진다. 장인의 온몸에 비
오듯이 땀이 쏟아지는 건 당연하다. 이처럼 뜨거운 용광로 앞
에서 그가 보낸 세월은 무려 50여 년이 훌쩍 넘었다. 장인은
1949년에 12남매의 넷째로 태어났는데, 형님과 두 누님은

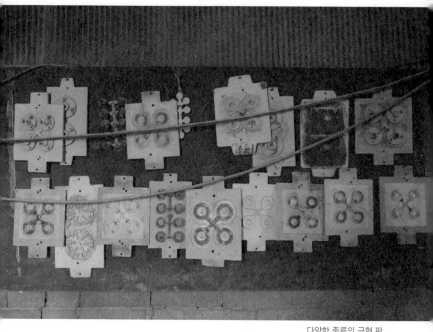

다양한 종류의 금형 판

먼저 세상을 떠나 현재는 장인이 9남매의 장남이다. 장인이
주물 일을 처음 시작한 건 그의 나이 열일곱 때였다.

"우리 집이 산내였는데, 그때는 아주 시골이었어. 내가 중학교
3학년을 댕기다 학교를 중퇴했어. 돈이 없어서. 그때만 해도
철공소 하면 돈을 엄청 많이 번다고 했거든. 그래서 아버지
지인이 추천해줘서 여기 남선기공이라고 있었는데, 거기
주물부로 취직을 했어. 그때가 열일곱 살 때였지."

송기룡 장인과 함께 해온 다양한 도구들.
뽀송뽀송하고 말끔한 흙다짐 바닥이 다른 곳과 다른 주물 작업장의 특성을 잘 보여준다.

중간에 약 5년간의 세월을 제외하고, 그는 한평생 주물 일로 삶을 꾸려왔다. 장인이 제일 처음 몸담아 일했던 '남선기공'은 해방 후 1950년에 대전의 미니 공단이라 불리는 지금의 원동에 설립된 대전 최초의 공업사였다. 당시 남선기공은 기계부와 주물부로 나뉘어 있었는데, 주물부에서 일하는 인원만 해도 30명이 훌쩍 넘었다. 50년이 넘은 일인데도 장인은 아주 선명히 기억하고 있었다. 장인은 말씀 도중에 종이를 펼쳐 그 당시 일했던 남선기공의 위치와 건물의 구조, 원동의 골목길까지 생생히 그려냈다. 남선기공에 다니던 시절을 추억하며 그리워하기도 했다.

"그때는 뭐 어렸을 때니까. 그리고 그 당시에는 전부 다 뭐
어려운 시대라 우리 또래들이 많았어. 그래서 그냥 뭐 일요일이
되면 서넛씩 모여서. 놀러 갈 데가 어디 있어. 보문산뿐이 더 가?
보문산 아니면, 잘해야 동학사 가고 그랬어."

지금은 원동의 철공소 거리에서 주물 작업을 하는 사람은 송기룡 장인이 유일하지만, 그가 처음 일했을 때만 해도 같은 기술을 가진 동료들이 잔뜩 있었다. 게다가 모두 같은 또래여서 서로 금방 친해졌다. 기계부는 기계부끼리, 주물부는 주물부끼리 나뉘어 일해서 끼리끼리 삼삼오오 모여 노는 것이 그

들의 소소한 낙이었다. 지금까지 남아있는 원동의 철공장도 대부분 남선기공 출신들이 많다.

지금은 남선기공이 있던 자리에 과거의 흔적이 많이 사라졌고, 장인의 기억 속에만 남아있을 뿐이다. 현재 역전시장 공영주차장이 된 자리가 바로 남선기공의 주물 공장 자리였다. 역전시장 공영주차장이 기용주물 바로 앞에 자리하고 있으니 장인은 지금까지도 계속 비슷한 자리에 머물며 일하고 있는 것이나 다름없다.

"이게 저쪽 도로야. 그리고 여기가 대도로야. 이게. 여기 공장이 있었어. 이렇게 크게. 여기가 이제 조립부, 기계부. 옆에는 가공부. 여긴 주물부. 그리고 여기 사무실이 있고, 여기 마당에 그 고철 같은 거 잔뜩 쌓아놓는 거야. 갖다 녹여야 하니까. 고철을 사 와서. 지금 여기가 현재 주차장 자리야."

지도를 뚝딱 그리며 자세히 설명하는 장인의 모습을 보며, 장인의 기억 속에는 여전히 그때 그 시절의 원동이 선명하다는 것이 느껴졌다. 현재 기용주물 공장 자리도 예전에는 가정집이었다. 과거 남선기공 주변에는 학고방이라 불리던 작은 판잣집이 많았다. 6.25 전쟁 이후에 피난민이 몰려와 대전역 근처였던 원동에 무허가 판잣집을 짓고 살았던 것이다. 전쟁

지금도 남아있는 옛 남선기공 건물. 1950년에 처음 남선기공이
들어서면서 이곳을 중심으로 철공소 거리가 형성되었다.

으로 인해 폐허가 된 땅에서 어떻게든 살아남기 위한 피난민
들의 처절한 몸부림이었다. 남선기공이 처음 설립된 1950년
3월 1일, 그로부터 겨우 100여 일이 지난 시점에 한국전쟁이
일어난 것이다. 그 당시 원동은 전쟁과 가난의 상처가 뒤엉켜
사건, 사고가 줄지어 일어나는 때였다.

  그럼에도 불구하고 남선기공은 대한민국에서 공작기계
제조업의 명맥을 꿋꿋이 이어나갔다. 그러다 1975년, 남선

기공은 대화동 산업단지 쪽으로 자리를 옮겼다. 이후 한국특수주강이 남선기공이 있던 자리를 채웠다. 한국특수주강은 주강공장이었는데, 이곳 역시 원동에서 7~8년 정도 있다가 대화동 공단으로 자리를 옮겼다. 이후 공장이었던 건물은 사라지고 여러 갈래의 길이 더 생겨났다. 작게는 15평 크게는 30평까지, 20평 내외의 크고 작은 공장들이 그 길을 따라 생겨났다. 당시 20평 정도의 공장 월세가 한 달에 10만 원 정도였다. 처음에는 남선기공의 건물만 큰 공장으로 하나 있었는데, 이후 지금 원동의 모습처럼 작은 철공소들이 모여있는 형태로 변한 것이다. 남선기공에서 일하며 기술을 배운 수많은 기술자가 훗날 자신만의 공업사를 각자 차리면서 원동은 자연스레 대전의 미니 공단으로 거듭났다.

"남선기공에서 일하신 분들이 이제 나가서 자영업을 차리고 그랬지. 제일 성공한 사람이 남선기공사 조립부에 공장장이던 사람이야. 이 양반이 나가서 처음에 기흥기계라고 했잖아. 여기서 제일 컸지. 이 양반이 제일 성공했어. 여기 전부 다 남선기공사 출신들이야. 거의 다 90% 이상이 다 거기(남선기공) 출신이야. 그 당시에는 철공소가 몇 개 없었어. 남선기공사가 제일 크고, 저쪽에 뭐 태양기계 그 정도. 몇 개 없었어."

1965년, 열일곱의 어린 나이로 남선기공에서 처음 일을 시작했던 송기룡 장인은 처음에는 심부름과 여러 가지 궂은 일을 도맡아야 했다. 작은 체구로 인해 힘을 써야 하는 작업 대신 기술이 필요한 일을 주로 했다. 장인이 처음 주물 공장에 들어갔을 때는 미싱 다리를 만드는 일을 했다. 지금은 주로 빈티지가구로 취급되지만, 1960~1970년대만 해도 미싱이 대중화되어 집집마다 한 대씩은 갖고 있던 시절이었다.

"처음에 주물 공장 딱 들어가면 시작하는 일이 있는데, 미싱 다리 알아요? 옛날 미싱 다리. 그거 만드는 디모도* 예요, 디모도. 오야지** 가 있고, 디모도가 이제 흙 쳐주고. 흙 막 퍼주면 다져. 다져놓고 그걸 가져가서 빼. 디모도 하는 게 무지하게 힘들어, 그게. 디모도부터 시작하는 거야. 디모도 하다가 조금 이제 기술이 빨리빨리 익혀지면 미싱 다리를 만들지. 옛날 미싱은 그 거북이라고 아나 모르겠네. 거북이 등껍질같이 생긴 발판 있어. 그다음에 발판 밟아서 돌아가는 바퀴도 만들고. 그렇게 하다가 좀 말 잘 듣고 성실하면 기계 부속을 만드는 데로 가. 쉽게

* 디모도(데모도): 기능공을 도와 함께 일하는 조공을 일컫는 일본어로, 공사장에서 많이 쓰인다. (출처 : 네이버)
** 오야지: 일터 작업조 두목을 칭하는 일본어로, 주로 건설현장이나 공장 같은 육체노동 쪽에서 쓰인다. (출처 : 나무위키)

얘기해서 승진을 하는 거야. 기계 부속 하면 이것저것 하는데, 나는 주로 선반 베틀하고 그 밑에 다이. 그걸 했어. 사람 하나 데리고. 그럼 이제 자동으로 이런 건 옆에 하는 거 보고 하는 거지."

　　장인은 남선기공 주물부에서 미싱 다리를 만드는 것부터 시작해서 기계 부속을 만드는 데까지 오르며 차곡차곡 기술을 익혔다. 당시에는 일본 기술이 우리나라보다 앞섰기 때문에 장인도 일본에 가서 기술을 배우고 싶었다. 환율 차이가 커서 일본에서 일하면 돈도 더 많이 벌 수 있는 기회가 있었다. 밀항을 해서라도 일본으로 도망갈까 고민을 했지만, 갈 수 있는 루트를 잘 몰라서 결국 떠나지는 못했다.

　　일본으로 떠나기는 실패했지만, 남선기공을 다니던 중에 장인은 잠깐 다른 지역에 가기도 했다. 서울에 가면 돈을 더 많이 벌 수 있다는 얘기를 들어서였다. 처음에는 부천에 있는 미싱 공장 주물부에서 일을 하다가 일당이 대전과 큰 차이가 없어서 서울 용산 쪽으로 올라갔다. 그때 당시 용산역 뒤쪽에는 주물 공장이 많았다. 대전 사람들이 일을 잘한다고 소문나서 대전에서 왔다고 하면 무조건 일을 시켜줬다. 그런데 일과가 빡빡해도 너무 빡빡했다. 밤 11시까지 일하다가 공장에서 그냥 잠들 때가 많았다. 하숙집이 있었지만 방 한 칸에 적게

는 대여섯 명부터 많게는 열 명까지 함께 생활하는 열악한 상황이었다. 열여덟의 어린 나이였던 장인은 밤마다 술을 잔뜩 먹고 들어오는 성인 작업자들과 부대끼며 생활하는 것이 영 힘들었다. 한 4개월 정도 버티다 장인은 결국 다시 남선기공으로 돌아왔다.

그러다 스무 살이 되어 장인은 방위를 받아 남선기공에서 군 복무까지 병행했다. 낮에는 고된 주물 일을 하고 밤에는 방위 근무를 이어나가는 게 쉬운 일이 아니었다. 고된 일상이 반복되어 힘들어진 장인은 결국 4~5년 정도 일하던 남선기공을 그만두고 나올 수밖에 없었다.

이후 장인은 주물 일은 잠시 쉬고 이런저런 고민을 하며 지냈다. 20대 초반의 젊은 나이였기에 어떤 일을 하며 먹고 살지 고민이 많은 시기였다. 매형과 함께 고물 장사를 하기도 하며 일을 쉬지는 않았다. 1974년, 장인은 당시 나이 스물여섯에 결혼을 하고 다시 주물 일을 시작했다. 가장으로서 가정을 책임지기 위해서였다. 장인은 산내 쪽에 있는 유신주물에서 몇 개월 일하다가 정동주물로 스카우트를 받아 일터를 옮기고 그곳에서 8년을 근무했다.


"결혼했으니까 이제 마누라 먹여 살려야 할 거 아니야. 그래서
또다시 주물 일을 시작했어. 저기 산내 유신주물이라고 있었어.
유신주물. 거기서 한 몇 개월 했지. 몇 개월 했는데, 저쪽에
정동주물이라고 거기는 비철*** 하는 분이 있었어. 그 양반이
같이하자고 왔더라고. 그래서 그때 돈을 많이 받고 했어. 다른
사람들은 뭐 4만 3천 원 받을 적에 나는 10만 원 받고 일했어.
그래서 거기에서 8년 일했었어. 한 달에 10만 원 타서도 3만 원
가지고서 생활했어. 나머지는 적금 들어서 돈을 모아 가지고서


*** 비철: 청동이나 인청동, 알루미늄 등 철 이외의 금속을 뜻한다.

세월의 연륜과 함께 주물 장인의 감각이 느껴지는 간판

이제 내 사업을 시작했지."

1977년, 장인은 30대 중반의 나이에 지금의 기용주물을 창업했다. 어느 정도 나이가 되다 보니, 자신만의 사업을 시작하고 싶은 마음이 컸다. 그해는 장인의 큰아들이 여덟 살이 되어 초등학교에 입학하던 때이기도 했다. 유명한 사람들이 자신의 이름을 따서 사업을 하듯, 장인 역시 공장의 이름을 자신의 이름에서 따와 기용주물이라 지었다. 장인이 처음 공장을 계약할 당시에는 주소가 원동 31-1번지였다. 이후에 도로가 나고 구역이 나뉘면서 주소가 바뀌어 현재 기용주물

기용주물의 심장인 용광로.
88올림픽 전후 한창 호황이었을 때는 대전뿐 아니라 중부권 전체에서 주문이 있었다.

의 주소는 정동 1-109번지이다.

장인이 처음 공장을 차려 일을 시작했을 때는 1년 가까이 삐쩍 마를 정도로 힘든 시기를 보냈다. 혹여 일이 줄어들까, 없어질까 하는 염려 때문이었다. 자신이 온전히 책임져야만 하는 개인 사업이다 보니 고민과 걱정도 더 많았다. 다행히 점점 일이 들어오며 서서히 풀리기 시작했다. 한창 일이 많던 시절에는 직원도 세 명까지 두고 일했다. 좁은 공장 안에서도 한쪽에서는 쇳물을 녹이고, 다른 한쪽에서는 열심히 물건을 찍어내며 바삐 돌아가던 시절이었다. 공장의 1층, 2층 할 것 없이 모두 빼곡하게 일거리가 가득했다.

주물 일이 가장 호황이었을 때는 88올림픽 전후였다. 대전뿐만 아니라 보은, 청주, 원주 등 타지에서도 찾아와 주문하기도 했다. 지금은 장인이 원동의 유일한 주물 장인으로 남았지만, 당시에는 주물을 하는 공장이 여럿 있었다. 이뿐만 아니라 철제상회나 산업기계를 만드는 곳, 열처리를 하는 곳, 놋그릇을 만드는 곳 등 다양한 철공소가 존재했다.

"그 당시에는 청년들이 엄청 많았어. 한 집에 10명씩도 있고. 또 두 명, 세 명도 있고. 나는 부속을, 주물 부어준 거야. 쉽게 얘기해서 청동(BC)하고 알루미늄(ALBC), 인청동(PBC) 이런 부속을 주문하면 부어주는 거야 이제. 이렇게 이런 모양을 해와.

그러면 이걸 이제 흙에다 틀을 찍어. 그러면 공간이 비게 되잖아. 그러면 이게 주입구라서 쇳물 부으면 차잖아. 이렇게 차면 이런 물건이 나오는 거야."

1800도 이상의 뜨겁고 팔팔 끓는 불구덩이에 단단한 금속을 녹여서 형틀의 좁은 구멍에 붓는 작업이라 주물 일은 아주 위험한 작업이었다. 그러다 보니 일하다가 뜨거운 쇳물에 데이거나 다친 사람도 많았다. 하지만 장인은 주물 일을 하다가 크게 다친 기억은 없다고 자신 있게 말씀하셨다. 일 잘하는 사람은 안 다치고 일 못하는 사람이 다치는 거라고 웃으며 덧붙이셨다. 50여 년 넘게 작업하면서 어찌 위험한 순간이 한 번도 없었겠느냐마는 그만큼 장인의 섬세한 집중력과 내공이 느껴졌다.

1980년대에는 주물 공장 외에 공작기계 밀링 머신(milling machine)과 보루방이라 불리는 드릴링 머신(drilling machine)을 만드는 철공소가 많았다. 크고 작은 철공소 30여 개 중에 15~20개는 거의 밀링과 보루방을 다루는 공장이었다. 그 당시만 해도 이걸 하면 돈을 벌 수 있다고 했던 시절이었다. 그래서 주물 경기가 가장 호황이었던 88올림픽 전후에 주로 만들던 것도 밀링 부속 일이었다. 워낙 작업의 종류가 수백 가지여서 다 셀 수도 없었다. 그러다 주물 산업이 서서히 죽기 시작한 건 90년대부터였다. 가장 크게 경기가 기울기 시작한 계기는 1997년 IMF 때부터였다. IMF로 대한민국의 기업들이 줄줄이 파산하자 기업으로 물건을 납품하던 공장들도 덩달아 어려워질 수밖에 없었다. 주물뿐만 아니라 다른 철공소도 상황은 마찬가지였다. IMF 이후 그 많던 대전 시내의 밀링, 드릴링 철공소가 거의 사라졌다.

"97년도에 IMF가 터졌잖아. 그때 뭐 다들 싹 전멸했어. 철공장들이 기본적으로 자본이 없잖아. 그러니까 뭐 갑자기 딱 막히는 거지. 그때만 해도 어음을 끊어줬어. 어음을 보통 3개월~4개월. 그러다 보니 주물을 부어가면 6개월 후에나 돈을 만지는 거야. 그래서 이제 돈이 필요하니까 할인하는 거야. 사채업자한테 할인. 2부 5리 그러면 연 25%야. 2부 5리면 3개월, 4개월 이러면 10% 나가는 거야. 그런데 그 당시에는 뭐 마진은 좋아서 괜찮았어. 이게 가령 재룟값이 2천 원 하면 6천 원 받았으니까. 세 배를 받았거든. 그래서 나는 뭐야 중소기업중앙회에 적금 붓고 은행 거래를 해가지고 사채는 안 썼지. 거의 안 썼어, 사채는. 중소기업중앙회 같은 데는 그 당시에 연 7%인가 그랬었어. 7%였으면 거저였지. 사채에 비하면. 그래서 간신히 살아남은 거야."

쇠가 '물'이 되면 실력을 발휘하는 주물 도구들

    과거에는 주로 어음으로 거래하는 경우가 많았다. 현금을
주는 경우는 거의 없었다. 큰 회사나 돼야 곧바로 현금화가
가능한 당좌수표를 발행해 주곤 했다. 일단 기업에 물건을 납
품하고 난 뒤에 어음을 받으면 실제 돈을 받기까지는 기본 두
달 이상은 걸렸다. 반면에 공장 직원 인건비는 미룰 수 없었
고, 주물 작업에 필요한 재료 역시 외상도 안 되고 다 현금으
로 사야만 했다. 자금을 어느 정도 보유하고 있어야 공장 운
영이 가능했던 것이다.

이런 상황에서 97년에 터진 IMF로 인해 어음으로 거래한 돈을 제때 받기가 어려워지자 많은 철공소가 사채를 쓰기도 했다. 당시 경기와 빚으로 인한 어려움을 견디지 못해 끝내 문을 닫거나 무너진 철공소도 많았다. 극단적 선택으로 세상을 떠나는 이도 적지 않았다. 정신적으로도 물질적으로도 너무나 열악하고 힘든 시기였다. IMF로 인해 은행도 부도가 나니 가지고 있던 어음도 종이 쪼가리가 돼버린 상황이었다.

그 당시 장인이 본 손해도 그때 돈으로 1억 8천만 원 가까이나 되었다. 그래도 장인은 중소기업중앙회의 제도를 잘 활용해 어려운 상황을 그나마 이겨내고 버틸 수 있었다. 당시 중소기업중앙회에 넣은 적금으로 10배까지 대출이 가능했는데, 이자도 7% 정도면 개인 사채에 비해서는 훨씬 적어서 장인은 그 시기를 겨우 견뎌냈다. 덕분에 장인은 개인 사채는 끝까지 쓰지 않았다. 그 시절 빚으로 힘들어했던 동료를 수없이 봤던 장인은 지금도 대출을 쉽게 받고 빚을 지고 살아가는 젊은이들을 걱정한다.

"빚지고는 살지 말아야 돼. 그거 지금 이자가 싸다고 해도 갚으려면 힘들어. 막상 이게 아이 뭐 잘 되겠지, 뭐 얼마 있다가 갚겠지. 그렇게 생각해도 그게 마음대로 안 되는 거야. 그래서 나도 빚은 안 지려고."

쇳물을 퍼올리는 송기룡 장인

IMF의 위기를 어렵게 이겨냈지만, 이후 장인에게 몇 번의 불행이 찾아왔다. 주물 작업을 하기 위해 공장 안에 잔뜩 쌓아놓은 구리를 두 번이나 도둑맞은 것이다. 그것도 재료를 들여온 바로 다음 날에 벌어진 일이었다. 당시 500만 원어치나 되는 재료를 두 번이나 잃어버렸는데, 그때 돈 1천만 원이면 지금 시점으로 거의 1억에 가까운 손해였다. 기용주물 공장 구조와 상황을 잘 아는 사람이 훔쳐 갔을 것으로 추측할 수밖에 없었다.

두 번째 재료를 도둑맞았을 때는 형사까지 동원해 대전 시내 고물상을 구석구석 이틀 동안 다 돌아다녔다. 그래도 범인을 찾지 못해 서울이나 인근 다른 지역까지 돌아다녀 봤지만 범인은 끝내 잡지 못했다. 물증을 잡지는 못했지만, 범인이 누군지 대충 짐작할 수 있었다. 도둑이 공장의 담을 헐고 들어온 바람에 강한 철판으로 담을 막고, 그 당시 10만 원이나 하는 미제 자물쇠로 잠금장치까지 바꿨다. 그날의 쓰라린 기억을 되살리면서도 장인은 그 외에는 별로 큰 고생을 안 했다고 덤덤히 말씀하셨다. 모진 세월의 풍파를 다 겪고 해탈한 모습을 장인에게서 느낄 수 있었다.

"철공소 사람들이 다들 이렇게 험한 일 하는 사람들이지만 마음씨가 착해. 악하지를 못해. 대신 입은 걸어. 욕도 잘하고 입은 걸은데, 실제 마음들은 약해. 약해서 남한테 악하게 하는 사람들이 없어. 그리고 어디 뭐 투자해서 돈 벌고, 그런 거 할 줄을 몰라. 전부 다 그냥 열심히 일 해서 돈 받는 거 그게 다여. 근데 떼여. 맨날. 거의 다 그려. 그니까 악하지를 못하고. 법을 모르잖아. 그렇다고 또 쫓아가는 것도 못혀. 나도 그렇게 돈 많이 떼였어도 한 번 안 갔어. 가면 또 뭐해. 망한 사람한테 그거 뭐 있는 거 뺏어오면 뭐햐. 그렇게 안해도 다 밥 먹고 사는 건디. 별거 아니야. 인생 살아보니까 금방 지나가. 금방. 나는 도둑맞고 돈 떼이고 그래서 그렇지, 다른 고생은 크게 없고 괜찮아. 지금은 그냥 밥 먹고 사는 겨. 그냥."

힘든 시기를 겨우 견뎌냈지만, 과거의 영광은 다시금 회복 되기가 쉽지 않았다. 주물의 주재료인 구릿값이 확 오르면서 주물 산업의 어려움은 계속 이어졌다. 두 배 가까이나 재룟값 이 오르자 어쩔 수 없이 주물 납품단가를 올려야 했고, 기업 들은 기계를 바꾸면서 더 이상 주문을 이전처럼 많이 하지 않 았다. 이런 어려움은 최근까지도 계속 이어지고 있다. 가끔 들어오는 주문은 수량에 맞게 6개월치를 미리 제작하는 방 식으로 작업을 하는 상황이다.

"한 10년 전에 구리 알지, 구리? 이 동값이 확 올랐어. 한

100% 정도 올랐어. 그러니까 이게 이제 단가가 확 올라갈 거
아니야. 우리가 주물 부어주는 게 보통 이제 1kg에 만 얼마씩
받다가 2만 원씩 받으니까. 이런 거 하나 부어가면 100kg
되면 2만 원씩 받으면 얼마야. 생각을 해봐. 비싸잖아. 저거 다
납품받아 가던 게 이제 그 자체에서 기계를 바꾸는 거야. 이제
이런 부싱(bushing) 같은 거 안 쓰는 걸로. 그래서 점점 일이
줄었지."

IMF로 인해 원동에 있던 철공소가 대부분 위기를 맞고,
뿔뿔이 헤어지고 흩어지게 되면서 이제 초창기 멤버라 할 수
있는 사람도 얼마 남지 않았다. 역전시장 주차장이 생기면서
다른 데로 이전하거나 아예 그만둔 이들도 적지 않았다. 다른
종목으로 일을 바꾸는 장인들도 있었다. 공장을 소유한 장인
들의 경우에는 재개발 소식에 기대하는 마음을 갖기도 했다.
그나마 공장을 팔아서 조금이나마 이득을 볼 수 있을까 싶어
서였다. 워낙 일감이 많이 줄어든 상황이다 보니 장인 역시
고민이 많다. 과거의 마진을 생각하면 현재 상황은 그저 막막
할 뿐이다.

"옛날에는 이제 물건 막 많이 해놓고 있으면, 창고에도 쌓아놨어.
많이. 그럼 사가고 그랬거든. 근데 지금은 그런 게 일절 없어.

작업장 한 코너를 차지한 세면대.
1800도가 넘는 열기와 씨름을 하고 나서 송기룡 장인은 이곳에서 땀을 식힌다.

그래서 (옛날에는) 용돈은 충분히 썼거든. 막걸리값은 충분히 했거든. 소줏값이랑. 근데 지금은 일절 없어, 그런 게. 여기도 보면 지금 해놓은 거 있어, 찍어놓은 거. 안 팔려. 그리고 이거 고가라 안 돼. 그리고 옛날에는 마진이 좋았어. 재료 가격이 가령 3천 원 하면 한 9천 원 받았어. 세 배를 받았어. 그래서 뭐야 3분의 1은 인건비, 3분의 1은 그 할인했으니까. 봉급 주려면 할인을 해야 할 거 아니야. 어음만 가지고 있으니까. 나 어음 이만치 있었어. 얼마 전에 다 버렸어. 근데 옛날에는 마진이 좋았었어. 지금은 박하지."

일이 있든 없든 장인은 매일 기용주물의 문을 열고 부지런히 몸을 움직인다. 이렇게 공장의 문을 열면 어김없이 주변 철공소 장인들과 커피 한잔 하면서 서로 안부를 나눈다. 과거에는 또래도 많았는데 이제 또래라 부를 수 있는 장인은 기용주물과 같은 길목에 자리한 덕재기공의 장인뿐이다. 다른 장인들은 대부분 훨씬 어리다. 장인이 처음 창업을 하던 30대 시절에는 또래 기술자들도 많고 서로 우애가 좋았다. 같이 술도 자주 먹고 오래도록 이야기 나누던 것이 일상이었다.

지금은 경기가 나쁘고 서로 어렵다 보니 일찍 퇴근하고 각자 집으로 돌아가는 경우가 많다. 꾸준히 해오던 공장장 모임도 시작할 당시에는 18명이었는데, 지금은 7명밖에 안 남았다. 그마저도 코로나19로 인해서 자주 모이기 어려웠다. 장인은 함께 소주 한잔 기울이고, 서로 바쁘거나 힘들 때 도와주며 정이 넘치던 옛 시절을 추억하며 그리워하셨다.

임다은  최근에 모임은 안 하셨어요?

송기룡  아, 여기 옛날에 모임을 했었어. 여기 한 대여섯 명이 모임 했었는데, 그때 내가 회장을 맡았었거든. 그래서 한 10년 동안은 잘됐었어. 그러다 내가 이제 회장 그만두고 신장이 상해가지고서, 아 나 그만한다고. 그만두고 이제 딴 사람 하자 하고서부터는 이상하게 점점 시들어지더라고. 또 많이 없어지고, 죽고 뭐. 다들 나이도 많이 먹고 그래서 이 안에서 대여섯 명 죽었어.

임다은  같이 일하시던 친구분들, 동료분들이 많이 안 계셔서 적적하실 것 같아요.

송기룡  다들 뭐 이제 모임 하는 사람들만 만나지. 그 이하는 만나기 힘들어. 각자 생활이 있으니까. 가끔 와서 뭐 좀 얘기하고 그것뿐이지, 뭐.

과거 또래 동료 기술자들이 붐비던 시절에는 공장마다 적게는 서너 명에서 열 명씩 직원도 있었다. 원동 철공소에서 일하는 이들만 백여 명이 넘었다. 기술자들이 자주 가는 단골 식당도 많았다. 장인이 제일 자주 가던 식당은 성주집이라는 식당이었는데, 일이 끝나면 다 같이 막걸리를 한잔하러 가곤 하는 곳이었다. 주메뉴는 북어하고 찌개 같은 술안주였는데, 사실 안주는 크게 필요 없었다. 고기가 먹고 싶을 때는 신성불고기라는 식당에 가서 삼겹살을 먹기도 했다. 점심때는 정동식당을 자주 찾았다. 작업을 하는 장인들은 시커먼 기름때나 먼지가 많이 묻어있어서 주로 배달을 시켜 먹었다. 오랜 단골이 되어 천 원씩 할인을 받기도 했다. 다방에서 커피 한 잔씩 함께 하는 것도 소소한 일상이었다.

"옛날에는 무지하게 활성화됐었어. 이쪽 도로도 없고 할 때는
막 활기찼었어. 이거 앞에 식당들이고 뭐고 다방이고 막 몇 군데
있었고. 왜냐하면 우리는 막 잔업하고 하니까. 돈도 많이 벌고
하니까. 또 피곤하잖아. 술 한잔 먹으면 여럿이 잠시 다방에
가서 또 차 한잔 먹고 가고. 아침에 이제 여럿이 모이면 일단
직원들 먼저 커피 한잔 시켜줘. 반숙 알아, 반숙? 계란 반숙해서
딱 출근하면 직원들 먼저 커피를 시켜줘. 그때만 해도 다들 엄청
많았어. 그러면 이제 우리끼리 다시 와서 또 커피 한잔 시켜
먹고. 그때는 재밌었어."

지금도 원동에 다방이나 식당 간판의 흔적이 곳곳에 남아있

작업 환경과 옷차림, 표정과 자세가 모두 한데 어우러져 한 몸체처럼 느껴진다.

기는 하지만, 예전처럼 활발하게 영업 중인 곳은 찾기 어렵다. 장인도 최근에는 역전시장 근처에 있는 식당을 종종 가긴 하지만, 주로 반찬을 가지고 와서 공장 안에서 밥을 해 먹는 편이다. 예전보다 서로 서먹하고 각박해진 풍경이 장인은 내심 아쉽다.

어린 시절 장인의 꿈은 세계여행을 다니는 여행가가 되는 것이었다. 어렸을 때 외삼촌이 가져다준 책이 꿈의 씨앗이 되었다. 그 책은 바로 한국에서 해외여행의 선구자로 알려진 김찬삼의 『세계일주 무전여행기』(어문각, 1962)였다. 지금처럼 해외여행이 자유롭지 않던 1958년부터 세계여행을 다닌 김찬삼의 여행 이야기를 읽으며 장인은 먼 나라로 향하는 꿈을 꾸곤 했다.

"어렸을 적에 우리 외삼촌이 김찬삼 씨의 세계여행하는 그 책을 주더라고. 읽어보라고. 그러니까 그 당시에는 지금 대한민국 마냥 미국 도로에 뭐 차가 꽉 차 있고. 저쪽 쿠웨이트 같은 데는 의료보험도 공짜라고 하더라고. 지금은 한국도 의료보험 잘 돼있잖아. 그때는 이야, 세상에 이런 나라가 있나 하고, 이제 공부도 열심히 하다가 좀 (세계여행을) 다녀야겠다 하는데 이거 뭐 형편이 안 되니까. 공부를 하다 말았지."

형편이 어려워 자유로운 여행가가 되는 꿈을 마음껏 이

루지는 못했지만, 장인은 산악회를 하며 대한민국의 산이란 산은 다 다녔다. 그런데 2015년에 담도암 수술을 한 뒤에는 10kg이나 살이 빠져 힘이 없어 산행이 어려워졌다. 대신에 매일 저녁을 먹고 한 시간 이상씩 걸으며 운동을 꾸준히 한다. 또 산내에 있는 집 앞의 밭에서 작물을 기르며 시간을 보내기도 한다. 고구마, 들깨, 고추, 배추 등 여러 작물과 꽃을 키우는 재미가 쏠쏠하다. 장인이 가진 기술을 동원해 들마루도 직접 짜서 가져다 두었다. 몇 시간씩 시간을 들여 힘들게 밭일을 하지는 않는다. 그냥 식구들이 함께 먹을 만큼만 작물을 기르고, 음악을 들으며 놀멍 쉬멍 텃밭을 일군다.

이제 기용주물을 천천히 정리하려 한다는 장인의 말씀에 몇 번의 방문으로도 벌써 정이 들어버린 나조차 너무나 아쉬운 마음이 들었다. 한평생을 매일같이 오고 갔던 장인의 마음은 오죽할까. 공장의 2층 사무실에는 장인의 뜨거운 젊은 시절이 찍힌 몇 장의 사진이 있다. 거대하고 뜨거운 불 앞에서 지금껏 일하면서 다친 적이 한 번도 없다고 말하는 장인. 그런 그가 일하면서 가장 보람을 느낄 때는 자식들이 열심히 공부하며 잘 크는 것을 볼 때라 했다.

"가장 보람 느낄 때는 애들 크는 거지. 다른 거 뭐 있어. 애들 크고 대학교 가고. 그리고 나는 공부를 못해서 애들한테 늘 공부만

열심히 해라. 내가 유학까지 보낼 테니까 하라고 그랬더니
유학들을 안 가데. (웃음) 부모 마음은 다 똑같은 겨. 애들
잘되면 그게 좋은 거지, 뭐. 딴 거 뭐 있어. 대학교 가고 할 때는
좋고 하는 거지, 뭐. 딴 거 없어. 사는 거 뭐 별거 있어."

    그 말씀 속에 얼마나 뜨거운 사랑이 담겼는지, 그 사랑이
얼마나 오랜 세월 동안 강철만큼 단단하게 굳어왔는지 조금
알 것 같았다. 해사한 미소로 웃으며 말하는 장인의 얼굴을
마주하면, 뜨거운 용광로의 불꽃이나 대한민국 철강업의 지
난한 역사가 떠오르지 않았다. 그저 푸근하게 어깨를 토닥여
주시는 인자한 어르신의 품이 떠올랐다. 철만큼이나 책과 음
악, 꽃을 사랑하는 장인과 나누었던 이야기가 오래도록 기억
될 것 같다.

"저도 가끔 길을 갈 때 이 골목, 저 골목으로 막
들어가봐요. 내가 가려는 방향만 잘 알고 있으면
어느 길로 가더라도 길은 다 있더라고요.
아무리 길이 좁더라도요."

## 원동의 1호 도슨트 | 윤창호 장인 (성창기공사)

◎

어렸을 때 귀금속 세공사인 아버지의 일터에 찾아갔던 적이 몇 번 있다. 금속이 깎여나가는 날카롭고 시끄러운 소리와 공장 특유의 기름때 냄새가 생생하게 기억난다. 아버지의 손톱 아래는 늘 까맣게 물들어 있었고, 그것은 마치 기술자의 징표 같은 것이었다. 기술자에게 손은 곧 생명과도 같았다.

최근 아버지는 세공보다 컴퓨터 모니터 앞에 앉아 라이노 캐드 프로그램으로 귀금속을 디자인하는 업무가 더 많아지셨다. 평생을 기계 앞에 앉아 일하시던 아버지가 뒤늦게 캐드를 악착같이 배우신 건 살아남기 위해서였다. 예순이 다가오는 연세에 퇴근 후 밤늦은 시간까지 배움을 멈추지 않으신 아버지를 보며 나는 진심으로 존경을 느꼈다.

성창기공사의 윤창호 장인을 만나 이야기를 듣는 내내 나의 아버지를 떠올렸다. 아버지와 장인의 연세도 비슷했고, 과거의 기술에 안주하지 않고 끊임없이 새로운 기술을 연마하시는 모습이 아버지와 많이 닮아서였다. 그 밖에도 다른 연결 고리를 여러 번 발견하면서, 장인의 이야기를 듣지 않았다면 어쩔 뻔했을까 생각하며 여러 번 안도했다.

사실 장인을 만나 이야기를 전해 듣기까지는 노력이 꽤 필요했다. 장인과 처음 인사를 나누었던 계절은 여름이었다. 널찍한 공장에 빼곡하게 줄 선 큼지막한 기계들이 시선을 사로잡았다. 열심히 돌아가는 시끄러운 기계 소리 앞에서 장인은 인자한 미소를 지으며 반겨주셨다. 하지만 정식 인터뷰 요청에 장인은 꽤 오랜 시간 고민했다.

윤창호 장인은 부끄러움이 많았다. 그의 부끄러움은 부족함이 아니라 겸손함에서 온 것이었다. 그간 살아온 인생에 대해 특별히 할 이야기가 없다고 손사래를 치던 장인은 끈질긴 나의 요청에 못 이겨 결국 인터뷰를 승낙했다. 장인의 이야기를 꼭 듣고 싶었던 이유는 하나였다. 원동 철공소 거리를 찾은 이들에게 도슨트 역할을 했다는 이야기 때문이었다. 장인을 만나면 원동의 다양한 에피소드를 들을 수 있겠다는 기대가 있었다.

대전역과 맞닿은 원동의 끝자락, 역전시장 공영주차장 앞에는 고철로 만들어진 커다란 로봇이 전봇대만큼이나 높이 우뚝 서 있다. 바로 그 옆에 낡은 건물에 샛노란 간판을 단 '성창기공사'가 있다. 성창기공사로 들어서는 입구 위쪽에는 성창기공사와 성창갈고리 글자가 적힌 빨간 간판이 나란히 붙

철공소 거리에서 여유있는 공간을 사용하고 있는 성창기공사

어있다. 철로 만들어진 자음과 모음이 하나하나 연결되어 입
체적으로 달린 모습이 인상적이다.

　성창기공사에는 눈길을 끄는 커다란 기계가 많다. 기름때
가 겹겹이 쌓인 기계들을 보면 저마다의 사연이 그려지는 듯
하다. 사방에 흩어진 철 가루는 치열한 작업의 잔해이자 열정
의 흔적이다. 장인의 작업 도구부터 녹슨 주전자와 저울, 의
자, 손때 묻은 장갑과 무질서한 쇳가루까지 모든 것이 내 눈
에는 근사해 보였다.

금속 덩어리에서 깎여 나온 조각들이 층층이 쌓여 빛을 발한다.

성창기공사가 처음 사업자 등록을 했던 때는 1989년 12월 26일이었다. 내가 태어나기 정확히 5일 전이었다. 성창기공사의 역사가 내가 살아온 인생의 시간과 같다는 사실에 새삼 놀랐다. 30년이 훌쩍 넘는 기간 동안 성창기공사는 원동에서만 쭉 자리를 지켜왔다. 동네의 지형이 달라질 때마다 공장을 몇 번 옮기기는 했지만 원동을 떠난 적은 없었다. 창업하면서 원동에 처음 자리를 잡은 것이 지금까지 이어져 왔다.

임다은   원동에 오신 분들에게 투어 가이드도 종종 해주신다고 들었어요.

윤창호   가끔 원동에 견학을 오는 분들이 계셨어요. 그분들이 원동에 대해 설명 좀 해달라고 하더라고요. 그런데 이제 (제가) 아는 게 뭐가 있어요. 그래서 제 나름대로 이렇게 (선배 장인들에게) 여쭤보고, 또 공부도 조금 하고 그랬어요. 그래서 그런 내용도 조금씩 알게 된 거예요.

임다은   그런 이야기를 정리해두신 기록도 있으세요?

윤창호   그런 거는 없어요. 예를 들어 여기 옆에 포니 자동차 모형을 만들어둔 게 있는데요, 생산연도라든가 그런 정보를 인터넷에서 찾아보기도 하고 그런 간단한 것만 알아났죠.

작업 중인 윤창호 장인

장인은 간단하다 말했지만, 결코 거저 얻어진 정보는 아님을 짐작할 수 있었다. 1989년의 끝자락에 원동에서 처음 자리를 잡은 탓에 그가 기억하는 원동은 90년대부터일 텐데, 그는 옛날 옛적 원동의 스토리를 줄줄 읊었다. 원동의 도슨트 윤창호 장인 덕분에 여기저기서 주워들은 원동 이야기의 흩어진 퍼즐 조각들이 제자리를 찾듯 명료해졌다.

예전에는 원동에 작은 공장들이 많아서 택시를 타고 원동 미니 공단에 가자고 하면 바로 알 만큼 유명했다고 한다. 자동차가 널리 보급되지 않았던 과거에 시골 사람에게는 기차가 중요한 교통수단이었다. 대전 인근 시골에서 농기구나 기계를 고치기 위해 대전으로 기차를 타고 많이 찾아왔다. 역 주변에 이런 공업사가 자리를 잡고 활성화된 것은 어쩌면 자연스러운 일이었을 것이다.

지금은 원동 철공소 거리의 분위기가 예전만큼 화려하지 않다. 하지만 한창 활성화되던 시기에는 과거 남선기공 자리였던 붉은 벽돌 건물 안에서 커다란 기차 모터를 수리할 만큼 스케일이 컸다고 한다. 윤창호 장인은 과거 원동의 여러 이야기를 오랫동안 원동에서 일하신 주변 공업사 사장님들께 전해 듣고 정리하여 찾아오는 이들에게 전하곤 했다. 오래도록 이들의 기억이 사라지지 않게 하려면 누군가는 꼭 해야 할 일이었다.

1961년, 장인은 5남매의 장남으로 태어났다. 대전에서 태어났다가 수원으로 올라가 초등학교에 입학했다. 장인과 나의 연결고리를 또 하나 발견한 순간이었다. 어린 시절을 수원에서 보내고 대전으로 이사 와서 초등학교에 입학했던 나와 반대로, 장인은 대전에서 태어났다가 수원에서 타월 공장을 하시던 아버지의 육촌 형님을 따라 수원에 갔다. 장인의 아버지는 그 타월 공장에서 기사로 일하셨다.

"수원에 서호국민학교에 처음 입학을 했어요. 그리고 영화국민학교에도 다녔고요. 아버지가 3학년 때 돌아가셔서 대전으로 이사를 왔는데, 여기서도 전학을 많이 했어요. 신흥국민학교도 다니고, 서대전국민학교도 다니고, 자양국민학교도 다녔었죠. 신흥국민학교를 다니다가 대동국민학교를 지으면서 편입이 되기도 했어요. 그러니까 제가 초등학교 6년을 다니면서 학교를 여섯 군데나 다녔어요. 그러니 이게 뭐 공부가 되겠어요."

장인이 고작 열 살이던 초등학교 3학년 때 아버지가 돌아가셨다. 이후 장인의 어머니는 5남매를 홀로 키우느라 고생이 많으셨다. 그 모습을 보며 자란 장인은 일을 빨리 시작해 장남으로서 어머니께 도움이 되어야겠다는 마음뿐이었다.

윤창호 장인의 작업공간. 벽과 천장까지 각종 도구가 걸려있다.

성인이 되기도 전에 일을 곧바로 시작한 이유였다.

"제가 장남이고 그래서 항상 생각했던 게 얼른 커서 우리 어머니
고생하시는 거 좀 덜어드리고 싶은 그런 마음밖에 없었어요.
그래서 제가 그 당시 자양국민학교를 졸업했는데요, 국민학교
졸업하고서 한 보름 정도 쉬고 여태까지 이런 일을 한 거예요.
그러니까 14살 때서부터, 74년도서부터 이런 일을 여태까지
했죠."

윤창호 장인의 작품 「돼지가 하늘을 보다」
돼지는 목뼈의 구조상 하늘을 볼 수 없다는 얘기를 듣고, 이를 안타깝게 여긴 장인이
작품으로나마 하늘을 보게 하려고 만든 작업장의 아이콘.

장인의 어머니는 식당에서 설거지하는 일을 하셨는데, 당시 주변 철공소에 다니는 사람들이 식사하거나 막걸리를 한잔하러 자주 찾아오곤 했다. 장인은 어머니께 말씀드려 철공소 공장에 취직 좀 시켜달라고 부탁을 했다. 장인이 초등학교를 졸업하던 70년대 초반만 해도 소년공이 많았던 가난한 시절이었다. 장인의 또래 대다수가 초등학교를 졸업하고 바로 일을 하곤 했다. 그래도 어린 나이에 학교가 아닌 일터로 매일 향하는 일은 쉽지 않았다.

"제가 공장 짐 자전거를 타고 작업복 입고 아침에 출근하면, 우리 친구들 중에 충남중학교 다니는 애들이 반갑다고 (자전거) 좋다고 막 그랬어요. 자전거에다가 자기들 가방도 싣고요. 여기 영광교회 옆에 공장이 있었는데, 이제 거기까지 오면 그 애들이 와서 (자전거에 실었던) 가방 들고 학교 가고 그랬던 시절이 있었어요. 저는 그 애들이 참 부러웠죠."

열네 살의 나이에 처음 익히기 시작한 기술로 먹고 산지도 근 50년이 다 되어 가는 장인은 그야말로 잔뼈가 굵어질 수밖에 없었다. 장인은 여러 공장을 옮겨 다니면서 차근차근 공업 기술을 쌓아갔다. 그동안의 경험을 바탕으로 지금은 누가 어떤 작업을 의뢰하더라도 고객의 마음에 쏙 드는 결과물을 잘 만들어내는 베테랑이 되었다.

성창기공사를 창업하기 전 20대 중반 즈음에 다녔던 회사에서는 3년 6개월 정도 근무를 하다가 퇴사했다. 당시 회사 사장님이 기계를 몇 대 주며 나가서 창업하라고 기회를 주셨다. 다니던 회사를 나와 그 회사에 물건을 납품하는 거래처를 차린 것이다. 나이는 어렸지만, 그때 당시에도 장인은 이미 15년 이상의 경력이 있는 기술자였다.

"퇴사를 했더니 사장님이 저를 불러서 '네가 여기서 했던
일이니까, 이 기계를 몇 대 줄 테니까는 네가 가지고 나가서
납품을 해봐라.' 그렇게 말씀하셨어요. 그래서 여기에 이제
공장을 창업하게 됐죠. 그때 돈으로 현금 백만 원인가를 주셔서
임대료나 보증금도 냈어요. 그리고 가공할 수 있는 기계도
사라고 하셔서 샀고요. 그렇게 해서 (사업을) 시작하게 된 거죠.
소도 비빌 언덕이 있어야 비빈다고 얘기하잖아요. 제가 또
소띠거든요. 그때 그 사장님이 저의 은인이시죠."

장인이 처음 창업을 했던 1989년 12월의 끝자락, 그 당시 원동의 분위기는 아주 활기찼다. 원동이 한창 대전의 미니 공단으로 유명하던 호황기였다. 그때는 한창 일이 많아 공장마다 매일 잔업을 하곤 했다. 성창기공사도 마찬가지였다. 장인

은 공장의 문을 처음 열고 난 직후부터 늘 새벽까지 일하고 돌아가야 할 때가 많았다. 추운 겨울에 새벽까지 빵모자를 눌러쓰고 마스크를 끼고 일을 하다 보면, 입김 때문에 머리카락에 고드름이 얼기도 했다. 고된 날들이 많았지만, 일이 끊이지 않아 다행인 시절이었다.

하지만 화려하고 활발하게 움직이는 철공소 거리에도 어두운 뒷모습이 있었다. 대전역 주변의 원동과 정동, 중동 일대는 공공연한 성매매 집결지였다. 일제 강점기 때 대전역 앞에 일본인 거주지가 조성되며 시작되었는데, 광복 후에도 사라지지 않았다. 그래서 한동안 골목 입구에 청소년 통행금지 구역이라는 간판이 붙어있기도 했다. 현재는 대전시 내의 청소년 통행금지 구역이 모두 사라졌지만, 지금도 역전시장 골목을 따라 원동으로 들어가는 길에 수많은 여인숙 간판의 흔적을 볼 수 있다.

공장 몇 개만 듬성듬성 남아있는 지금과 달리 과거의 창조길은 공장도 많고 사람도 붐비던 거리였다. 지금은 대부분 사라졌지만, 식당도 많았고 메뉴도 다양하게 골라 먹을 수 있는 시절이었다. 퇴근 후에 막걸리 한잔을 하는 것도 소소한 일상이었다. 장인은 한 10년간은 술을 너무 많이 마셔서 지금까지도 후회가 된다고 했다. 하지만 열심히 땀 흘려 일하고, 노동의 보람을 느끼며 사람들과 회포를 푸는 순간들이 있었기에 힘든 시간도 함께 버틸 수 있었을 것이다.

현재 성창기공사에서 주로 다루는 작업 중에 CNC 선반이 있다. CNC란 'Computer Numerical Control'의 약자인데, 그대로 직역하자면 '컴퓨터 수치 제어'라 할 수 있다. 기계를 제작하기 위한 장비 중 하나인데, 과거 공작기계들과 달리 컴퓨터를 통해 자동으로 처리가 가능한 덕분에 정밀부품의 대량생산이 가능해졌다. CNC 가공 방식에는 밀링, 선반, MCT 등 다양한 방식이 있다. 장인의 공장에도 CNC 기계가 여러 대 있다. X축과 Z축의 좌표값을 입력하면 정확한 위치에서 원하는 방식으로 제품을 가공할 수 있다. 입력한 수치 그대로 작업이 가능해서 기계와 사람이 컴퓨터를 통해 서로 대화하는 것이라고 볼 수 있다. 한 치의 오차도 없는 결과물을 만들어낼 수 있는 대화가 가능한 셈이다.

이러한 여러 가지 종류의 CNC 장비를 가지고 고객의 요구에 따라 맞춤형 제품을 만들어내는 것이 장인의 주된 일이다. 쇠로 만드는 웬만한 것들은 다 만들 수 있다고 보면 된다. 장인이 만든 제품을 보면 어디에 쓰이는 물건인지 바로 알아채기는 쉽지 않다. 성창기공사에서는 주로 대형 컴프레서(compressor)를 만드는 데에 필요한 기계 부품을 제작한

다. 크기와 모양도 다양한데, 한 번 제작할 때는 기본적으로 500개씩 대량으로 만들어 물건을 납품한다. 이러한 제품은 결코 하나의 기계로만 완성되지 않는다. 여러 기계를 거쳐 쇠를 깎고 다듬어서 쓸모 있는 형태로 만드는 것이다.

간혹 어떤 손님들은 작업 공정에 대해 자세히 모른 채, 장인을 찾아와 이것저것 만들 수 있는지 묻고 요청하기도 한다. 그러면 용도가 어떤 것인지 먼저 물은 뒤, 손님의 요구에 최대한 맞춰서 함께 상의해 제작해주기도 한다.

시원하게 뚫린 천창 아래 CNC 기계와 도구가 함께 있는 작업장 내부

성창기공사에 있는 여러 기계 중에서 장인에게 가장 애틋한 기계도 물론 있다.

"제가 결혼을 1995년도에 했어요. 좀 늦게 했죠. 결혼을
하고서 저 기계를 새 걸로 샀는데요. 그때 당시 6500만 원인가
그랬어요. 95년도에요. 저게 일본 기술이다 보니까. 당시
우리나라에서는 상상도 못하는 그런 기능을 가진 기계였죠."

우리나라 국내 기술도 훌륭한 수준으로 발전했지만, 1990
년대까지만 해도 국내 기술은 일본보다 20~30년은 뒤처졌
다는 이야기가 많았다. 국내의 기계나 기술도 대부분 일본에
서 들여온 것이었다. 장인이 가지고 있는 오래된 기계 중 대
다수도 일본에서 물 건너온 기계들이다. 사업을 하면서 필요
에 따라 하나씩 기계를 추가로 구매하다 보니 어느새 꽤 큰
규모의 공장을 빼곡하게 채울 만큼 기계가 많아졌다. 처음에
는 수동 기계로 기술을 배웠지만, CNC 같은 기계가 더 정밀
하고 능률을 향상시키기 때문에 새로운 기계를 계속 구매할
수밖에 없었다. 기술의 발전은 현재진행형이다.

임다은   사장님, 여기가 원동의 다른 공장들 중에서도 규모가
가장 커 보이는데요. 기계도 정말 많고요.

윤창호    외형상으로는 기계가 있고 이렇게 시설이 있어야
         하니까 그런데, 실속은 별로 없는 것 같아요. 다들
         보면 이렇게 작게도 하시더라고요. 그분들은 기능이
         월등해서 기술로 하시는 분들인데요. 저는 기능은 좀
         떨어지고 하니까 기계로 일을 하는 거예요.

겸손하게 자신을 낮추는 장인이지만, 그 많은 기계를 모두
다루고 익히는 것은 끊임없는 배움의 길이었다. 특히 CNC
기계는 컴퓨터 시스템으로 작동하는 장비이기 때문에 컴퓨
터 프로그램을 다룰 줄 알아야 했다. 2000년대 중반쯤, 350
만 원 정도의 비싼 값에 캐드 프로그램을 구매해서 몸소 익힌
장인은 지금까지도 그 기술을 활용해 기계를 움직이고 있다.
    녹슨 서랍장 사이에 있는 빈티지한 갈색 책상 위의 작은 컴
퓨터 한 대가 커다란 기계들을 움직이는 우두머리인 셈이다.
컴퓨터 덕분에 반복적인 작업과 더 정교하고 정밀한 작업이
가능해졌다. 다만 새로운 기술이 나오고 기계가 발전할 때마
다 다시 적응하고 익히는 시간이 필요했다.

"지금 자동차 정비업소도 보면 마찬가지예요. 내연기관
자동차에서 전기차로 바뀌는 중이잖아요. 그러니까 정비하는
분들이 다 기술을 다시 배워야죠. 옛날 기능만 가지고 있는

사람은 계속 일을 못 하죠."

장인이 새로이 익히는 건 비단 기계 장비를 다루는 기술뿐만이 아니었다. 주변의 다른 사장님들이 해결하지 못하는 어려운 문제를 장인이 직접 나서서 간단히 해결하기도 했다. 컴퓨터나 텔레비전 같은 전자 장비도 남들보다 조금 더 신경을 쓰며 익히는 습관이 자리 잡은 덕이다. 이러한 장인의 습관은 사업을 운영하는 데에도 큰 도움이 되었다.

지금은 인터넷의 발달로 누구나 마음만 먹으면 쉽게 정보를 얻고 기술도 습득할 수 있는 시대다. 하지만 장인이 어린 시절 처음 기술을 배우던 때는 지금과 달랐다. 선배 기술자에게 기술을 알려달라고 하면 쉽게 잘 알려주지 않았다. 다른 사람에게 기술을 가르쳐주면 자신의 위치가 불안해진다는 우려 때문이었다. 배우면서 두들겨 맞는 일도 잦았다. 그런 상황에서도 장인은 악착같이 기술을 배우고 익혔다.

현재 장인의 주거래처는 성창기공사를 창업하기 전에 장인이 몸담고 일했던 바로 그 회사다. 그곳은 대전 동구의 홍도육교 근처에 있다가 지금은 옥천으로 공장을 확장 이전했다. 그 시절의 인연이 지금까지도 계속 이어져 오고 있다. 창업을 할 수 있도록 도움을 준 전 직장에서 30년이 넘도록 꾸

철판 위에 제멋대로 쌓인 쇳가루가 질서정연한 금속 패턴과 흥미로운 대조를 이룬다.

준히 일감을 주는 것이다. 장인의 능력과 신뢰도를 증명할 수 있는 대목이다.

"그냥 저는 꾸준하게 이렇게 살아온 것 같아요. 가장 기억에 남는 거나 그런 거는 별로 없지만, 그냥 순탄하게 주위에서 도와주시는 분들이 많았어요. 한 군데 거래처와 작업이 끝나면 곧바로 다른 거래처와 연결이 딱 되었고요. 한번은 제가 기계를 하나 사면서 할부금이 매달 500만 원씩 나갔어요. 그럼 신기하게 할부금 낼 만큼의 매출이 항상 생겼어요. 그런데 할부가 끝나니까 그만큼 돈이 안 벌어지더라고요. 그래도 적자 없이 계속 일이 채워져서 지금까지 할 수 있었어요. 생각지도 않게 딱딱 맞춰져서 이렇게 잘 겪어나간 거 같아요."

작업은 보통 한 달 단위로 진행한다. 한 달에 한 기종을 작업하고, 그다음 달에는 또 다른 기종을 작업하는 식으로 이어나간다. 모양도 용도도 다 제각각이다. 그렇게 작업한 작업물들을 자루에 몇백 개씩 담아두는데, 자루의 부피가 기계만큼이나 큰 것도 많다. CNC 기계로 대량생산이 가능하다 보니 한 번 작업할 때마다 자루가 금방 찬다.

장인의 공장을 찾을 때면 늘 시끄러운 기계 소리가 들려와서 공장이 언제나 풀가동되고 있다고 느꼈다. 하지만 요즘에는 작업 물량이 많지 않아서 노는 기계가 많은 편이다. 처음 성창기공사를 개업했을 1989년도에는 직원이 7~8명이나 있었다. 시간이 흐르면서 불황을 겪다 보니 어느새 함께 일하던 이들도 점차 줄어들었다.

"예전에는 이제 이런 일을 할 거냐, 공무원을 할 거냐 그러면 이거를 선택하는 분들이 많았어요. 기술이 있으면 밥은 안 굶는다고 했거든요. 예전에는 공무원이 별로 인기가 없었는데, 지금 생각해 보면 참 한 치 앞을 못 본 그런 경우죠."

기술이 있으면 밥은 안 굶는다는 말이 틀린 말은 아니었다. 원동 철공소 거리에는 어린 시절부터 기술을 배워 70~80대까지 계속 일하는 장인들이 존재한다. 하지만 상대적으로 젊은 기술자는 점점 줄어드는 것이 이 업계의 현실이다. 기술이 현대화되고 발전하여 쇠퇴한 것도 있지만, 기계를 직접적으로 다뤄야 하는 이 업종은 힘들고(Difficult), 더럽고(Dirty), 위험한(Dangerous) 그야말로 3D 업종이기 때문이다.

새카맣게 기름이 묻은 작업복을 입고 위험을 감수하면서 힘든 노동을 하려는 젊은이는 별로 없다는 것이 장인의 이야기였다. '우리는 배운 게 이 기술이라 어쩔 수 없이 하는 것'이

윤창호 장인의 선반.
절대 깎이지 않을 듯한 무쇠 덩이도 여기선 가차 없이 절단되고 깎여나간다.

라고 그가 덧붙였다. 힘들고 더러운 것은 그나마 견딜 만한 일이라지만, 위험한 일이라는 점은 기술자 본인뿐 아니라 지켜보는 가족들의 마음까지도 졸이게 하는 것이었다.

48년을 넘게 이 업종에서 일해온 장인에게도 큰 부상을 입은 사고가 몇 번 있었다. 손에 쇳덩어리가 관통해 지금까지도 손이 잘 펴지지 않을 만큼 큰 사고가 있었다. 손으로 먹고살아야 하는 기술자에게는 아주 치명적인 사고였다. 게다가 갈비

윤창호 장인은 속도보다 안전을 더 중요하게 여긴다.

뼈가 두 개나 부러지며 목숨까지 위협할 뻔한 사고였다.

"막 쇳덩어리가 회전을 하다 보니까 가속도가 붙어서 빠진 거예요. 그 순간에 들은 기억은 그냥 샥- 소리밖에 안 났어요. 보니까 나중에 왼손이 쭉 찢어져서 이렇게 벌어져 있고, 숨은 못 쉬겠고. 그래도 이제 운이 좋게 여기를 맞으면서 이 갈비뼈를 때렸으니까 망정이지 가슴으로 왔으면 어떻게 됐겠어요. 그래도 불행 중 다행이라고 생각하긴 했죠."

이야기만 들어도 가슴이 서늘해지는 큰 사고였다. 지금까지도 손가락 뼈가 정상적으로 잘 붙지 못했다. 뼈가 완전히 자리를 잡아 붙을 때까지 기다리려면 한 달이 넘게 걸리는데, 치료를 하려면 한 달 간 작업을 할 수 없으니 쉬운 선택은 아니었다. 그나마 왼손이라 다행이라며 불편을 감수하고 지내는 것이었다. 금속 공예 세공사인 아버지를 둔 나는 그 모습을 지켜보는 가족의 마음에 더 감정이입이 되었다.

가족들이 걱정하는 마음을 잘 아는 장인이기에 때로는 다쳐도 숨겨야 할 때가 있었다. 탈골된 손가락을 다른 한 손으로 잡고서, 은행에서 돈을 찾아 택시를 타고 병원에 가 수술을 한 적도 있었다. 어쩌다 다치고 나면 본인의 상태보다도 집으로 돌아가서 가족들에게 뭐라고 말을 해야 할지 걱정이 먼저 앞섰다. 물론 다치고 싶어서 일부러 다치는 것은 아니지만, 일하다 보면 자기도 모르게 안전불감증이 생기는 것이다. 아무리 베테랑 기술자여도 안전불감증 앞에서는 재주가 없다. 그로 인한 고통을 누구보다 많이 겪고 잘 아는 장인은 다른 동료 기술자들이 다치는 모습을 볼 때면 남 일 같지 않아 마음이 힘들었다.

"예전에 제가 인동 쪽에 기계 제작하는 업체에서 일할 때, 공고에 교사 발령을 앞두고 잠깐 공장에서 일했던 분이 있었어요. 어느 날 그분이 양복을 쫙 빼입고 왔는데, 그날 일하다가 손목이 절단된 거예요. 저는 큰 기계 쪽에서 일하고 그분은 작은 기계를 가지고 일하고 있었는데, 악! 소리가 나길래 보니까 뭐가 휙 날아가더라고요. 그분 손이었던 거예요. 그래서 급히 선병원에 막 이렇게 손을 붙들고 갔죠. 그때가 한여름이었는데 날씨도 우중충하고 그랬어요. 그날 제가 그걸 보고 충격을 받아서 직업을 전환할까 고민도 했어요. 이 일을 하기 싫어지더라고요. 그분이 입원해서 병문안을 가야 하는데 낙심한 모습을 상상하니까 진짜 발도 잘 안 떨어지더라고요."

장인과 주변 동료들의 숱한 사고를 겪으면서, 그가 일할 때 가장 중요한 철칙으로 생각하는 건 단연 '안전제일'이다.

성창기공사에서 함께 일하는 직원에게도 항상 안전제일을 강조한다. 한 개 더 빨리 작업하려고 하다가 불량을 만들면 무슨 소용이 있겠느냐며, 차근차근 생각하면서 작업을 하라고 강조한다. 다치면 평생 장애를 안고 살아가야 하는데, 다친 본인도 회사도 모두 손해라며 말이다. 물량을 빠르게 많이 만드는 것보다 불량을 줄이고 하나를 하더라도 제대로 안전하게 하는 것이 최우선이라고 항상 얘기한다. 모두 장인의 뼈아픈 경험에서 우러나온 이야기다.

"제가 눈으로 보고 있을 때는 항상 옆에서 지적해줄 수 있잖아요. 그런데 제가 잠깐 자리를 비우거나 할 때면 불안하고 걱정이 되더라고요. 기계는 부서지면 고치면 되지만, 사람은 다치면 안 되잖아요. 그래서 안전제일을 늘 첫째 원칙으로 생각하고 있어요."

지금은 원동의 공장들 규모가 작아서 혼자 일하는 장인들이 대부분이다. 성창기공사에는 벌써 7년째 장인과 함께 일하고 있는 또 다른 장인이 있다. 그 역시 경력이 길고 오랫동안 함께 손발을 맞춰오긴 했지만, 사업장의 대표로서 직원의 안전이 걱정되는 것은 어쩔 수 없다.

매일 이곳에서 함께 작업하는 직원도 있지만, 장인에게는 오랜 친분이 쌓인 장인들과의 모임도 있다. 예전보다 각박해진 세상이라 요즘은 서로 마음이 잘 통하는 사람들끼리만 주로 모인다. 장인은 성창기공사 주변에 있는 덕성기계, 조양기계, 대성엔지니어링의 장인들과 친분을 이어오고 있다. 또 과거에 공업 계통의 일을 하다가 지금은 택시 기사로 업종을 전환한 분도 있고, 헬스클럽이나 미용 재료 판매업을 하는 분도 있다. 과거 원동이 미니 공단이었던 시절에 있었던 기술자들과 기술 동호회를 만들어 가끔씩 모임을 하기도 한다.

장인의 평소 일과는 대개 비슷하다. 아침 일찍 8시에 공장으로 출근해서 종일 일을 하다가 6시쯤 되면 퇴근한다. 퇴근 후에는 곧장 수영장을 갔다가 집으로 돌아가서 연속극을 보는 것이 요즘의 일상이다. 과거에 매일 새벽까지 잔업을 하던 때와 비교하면 워라밸을 제대로 누리는 삶이다. 하지만 장인은 주말에도 대부분 출근한다. 일요일에도 찾는 손님이 간혹 있기 때문이다.

"평일에 공사장에서 일하시는 분들은 주말에 쉬시니까 그때한 번씩 오셔서 구매해 가시고 그래요. 간혹 있어요. 그래서일요일에도 문을 열어두고, 오시는 분들에게 얘기하거든요.저희 집이 가까우니까 언제든 전화하시면 5분 만에 바로나올 수 있다고요. 휴일에 어떻게 그러느냐고 하시면 저는 팔아주시는 것만으로도 감사하다고 하죠. 그러니까 어떤 분들은 광고하라고도 하시더라고요. 일요일에도 문을 연다고요."

고객의 입장을 고려하고 자신의 일상을 거기에 맞추는 삶을 사는 장인의 모습을 보며 느끼는 바가 많았다. 가게를 운영하는 나 역시 남들이 쉬거나 놀 때 일해야 하는 것이 가끔은 억울할 때가 있다. 내가 선택한 삶이니까 거기에 최선을 다해야 하는데, 결코 쉽지 않다. 또한 장인은 거래처나 손님들에게 진심으로 감사하는 마음을 항상 품으며 일해왔다. 오랜 시간 사업을 운영해온 장인이 가진 삶의 태도를 보며 많은 것을 배웠다.

장인이 가장 뿌듯함을 느끼는 순간도 찾아주신 고객들이 만족할 때다. 서로 머리를 맞대고 연구하면서 만들어낸 제품이 알맞게 잘 쓰일 때 장인은 가장 큰 보람을 느낀다. 그러한 고객 만족은 장인이 재료를 아낌없이 쓰고, 시행착오를 여러 차례 겪으면서 고객에게 필요한 제품을 끝까지 만들어낸 집념의 결과다.

장인이 만드는 제품 중 가장 인기 있는 것은 갈고리 제품이다. 근처에 친하게 지내던 기술자 형님이 병으로 돌아가셨는데, 그분이 주로 만들어 판매하시던 제품이 바로 철근 결속 갈고리였다. 그분의 제품을 찾던 손님들이 더 이상 거기서 물건을 살 수 없으니 곤란해하는 모습을 보고, 주변에서 장인에게 갈고리를 한번 만들어보라고 제안한 것이 시작이었다.

"제가 만드는 이 갈고리 제품도 공사장에서 철근을 엮을 때 쓰는 그런 제품인데요. 이게 옆에서 작업하는 걸 눈으로 보는 거랑 제가 직접 만드는 거랑 다르더라고요. 처음에는 모양도 안 나오고 어려웠어요. 그런데 재료를 버려가면서 계속 시도해보니까 되더라고요. 제가 공사장에서 일하는 분들에게 이런 각도로 만들었는데 사용하기 어떠시냐 물어보니 손에 잘 맞는다고 해서 고객들이 꾸준히 구매하러 오세요. 제가 그분들이 하는 일을 직접 해보지는 않았지만, 사람 하는 일은 똑같잖아요. 똑같이 손으로 작업하는 거니까 제가 편하면 그분들도 편하실 거 아니에요."

철물점에서 파는 것보다 투박한 모양에 값도 더 비싸지만, 장인의 제품을 한번 구매한 손님은 또다시 찾아온다. 장인이 연구 끝에 만들어낸 제품이 손목도 아프지 않고 편하다면서 말이다. 고객 편의를 최우선으로 생각하며 제품을 생산하는 장인의 진심과 노하우가 통한 것이다. 또 자신만의 스타일을 요구하는 경우도 있어 맞춤형 주문 제작도 받는다. 고객의 요구대로 만들어 드리고, 마음에 든다는 이야기를 들을 때 장인

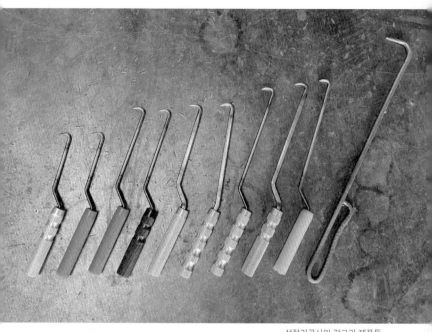

성창기공사의 갈고리 제품들

은 가장 기쁘다.

　장인이 성창기공사의 간판 아래 성창갈고리라는 간판을
함께 달아둔 것은 갈고리 제품을 특화하여 홍보하기 위해서
였다. 갈고리는 마치 드라이버처럼 기다란 모양에 끝은 'ㄱ'
자로 짧게 꺾여 뾰족하게 생겼다. 손잡이의 모양과 재질은 각
기 다르다. 이러한 갈고리는 공사장에서 철근을 결속할 때 주
로 사용된다. 다리나 도로, 건물의 건축 공사 작업에서 교차
배치한 철근끼리 튼튼하게 결속을 시켜야 하는데, 이때 작업

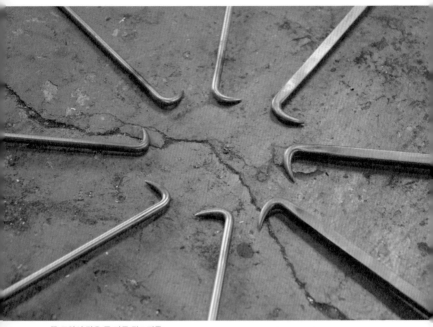

끝 모양이 같은 듯 다른 갈고리들

자들이 철근 결속용 갈고리를 사용해 철사로 철근을 단단하게 엮고 옥죄는 것이다.

튼튼한 내구성과 손잡이의 편안한 그립감, 부드럽게 회전이 잘 되는 것이 갈고리의 핵심이다. 장인의 공장 한쪽에는 이러한 갈고리가 종류별로 다양하게 분류되어 있다. 보통 갈고리의 길이는 25~35cm이고, 갈고리의 모양은 원형과 사각형 두 가지로 나뉜다. 손잡이의 종류도 MC 나일론 플라스틱 재질과 알루미늄 재질, 가교 폴리에틸렌으로 나뉘어 있어

종류별로 분류된 자재들

서 각각 용도에 맞게 사용하면 좋다.

　장인은 현장에서 직접 제품을 사용하는 작업자들에게 피드백을 받고 수정을 거듭하며 제품의 완성도를 높인다. 단일 제품만 파는 것이 아니라 필요에 따라 갈고리의 종류, 손잡이의 종류, 길이 등을 주문받아 제작하기도 한다. 이렇게 만든 여러 종류의 갈고리는 성창기공사 공장에서뿐 아니라 인터넷으로도 판매하고 있다. 거기에는 장인의 두 아들이 역할을 톡톡히 해준다. 스마트 스토어 덕분에 다른 지방에서도 전화 주문이 꽤 들어오고 있다. 전라도 순천이나 강원도 춘천에서도 거래가 시작되어 머지않아 전국구가 되지 않을까 기대하고 있다.

큰아들은 전자공학을 전공하는데, 장인이 잠시 살았던 수원에서 대학교를 다닌다. 작은아들 역시 공대생인데 기계공학과와 전기과 중에 고민하다가 전기과를 택했다. 기계공학과를 포기한 것은 아버지인 장인의 만류 때문이었다. 장인이 평생 기계를 다루는 일을 하다 보니 그 어려움을 누구보다 잘 아는 탓이었다. 가업으로 잇기에는 너무 고되고 비전 없는 일이라는 생각도 컸다. 그래도 한편으로 장인은 본인이 오랫동안 힘들게 익힌 기술을 아들들에게 물려주고픈 마음도 있다.

"한번은 큰아들이 공장에 와서 일을 해보겠다길래 불을 켜니까 막 놀라는 거예요. 접해보지 않았기 때문이죠. 용접하는 것도 조금씩 알려주면서 했는데, 계속 반복적으로 하다 보면 알겠죠. 처음부터 잘하는 사람이 누가 있겠어요. 제가 항상 그런 얘기는 했거든요. '야, 너 이 갈고리나 만들어, 인마. 이거 괜찮은 거야.' 막 그랬어요. 사실 저도 얘기만 듣다가 막상 직접 해보려니까 어려웠거든요. 오랫동안 이 계통에 있었는데도 시행착오가 많았으니까. 얘네들은 더 오랜 시간이 필요하겠죠."

이제는 누군가에게 기술을 가르쳐줘야 하는 위치에 있는 장인이지만, 그는 배움의 열정도 멈추지 않았다. 철공 업계가 10년 전쯤부터 서서히 내리막길로 가는 것이 느껴지자 장인은 새로운 길에 대한 모색을 멈추지 않았다. 충남기계공업고등학교에 다니는 학생들이 실습하기 위해 성창기공사를 찾아왔는데, 그들이 한국폴리텍대학에 입학하는 것을 보고 장인도 자극을 받았다. 그래서 AI로봇자동화과에 입학해 2년 과정을 수료까지 해냈다. 초등학교만 졸업하고 쭉 작업을 해오는 중에도 꿋꿋하게 검정고시를 보고 방통고등학교에 다니며 준비해왔기에 가능한 일이었다.

새로운 기술, 낯선 길에 대한 두려움보다는 호기심과 빠른 습득력을 가지고 늘 앞서나가는 윤창호 장인. 그런 그의 모습은 일상의 곳곳에서도 묻어난다.

"저는 가끔 길을 갈 때 이 골목, 저 골목으로 막 들어가 봐요. 새로운 골목으로 걸을 때가 간혹 있어요. '여기에 이런 골목이 있었구나.' 하면서요. 내가 가려는 방향만 잘 알고 있으면 어느 길로 가더라도 길은 다 있더라고요. 아무리 길이 좁더라도요."

내가 가려는 방향만 잘 알고 있으면 어떤 길로 가든 괜찮다는 장인의 이야기를 들으며 인생길을 떠올렸다. 목표가 뚜렷

내가 가려는 방향만 잘 알고 있으면 어떤 길로 가든 괜찮다는 윤창호 장인

한 사람에게는 조금 힘들고 어려운 과정도 때로는 새로운 산책처럼 느껴질 것이다. 한 치 앞을 알 수 없는 게 인생길이지만, 장인의 삶은 참 즐거운 산책이라는 상상이 절로 되었다.

장인은 동구의 세천유원지 근방에서 주말농장도 하고 있다. 일이 없는 주말이나 휴일에 가서 아내와 함께 땅을 파고 작물을 심고 수확하며 땀을 흘린다. 그렇게 농사지은 무와 배추로 김장도 한다. 쉬는 날에도 소비하는 삶이 아니라 생산하는 삶을 부지런히 일구는 장인이었다.

최근 원동에는 여러 가지 소식이 들려온다. 장인의 바람은 대전역 인근이 개발되기 전까지 최소 10년만이라도 원동에 남아있는 것이다. 장인이 70대가 되고 자녀들도 어느 정도 자리를 잡으면 적당할 거라는 판단에서다. 성창기공사가 있는 건물을 사려고 시도도 했지만, 주변 개발 분위기에 휩쓸려 공장의 건물값이 두 배로 올라버렸다. 기계의 수가 많아 어느 정도 널찍한 크기의 공장이 필요한 장인에게는 원동 안에서 선택할 수 있는 폭도 그다지 넓지 않았다.

그런데도 그가 원동을 떠나지 않고, 대전을 떠나지 않는 이유는 익숙함 때문이다. 다른 지역이나 서울로 가는 것을 동경할 때도 있었지만, 여기서 일군 것들을 내려놓기는 쉽지 않았다. 다른 지역에는 연고가 없고 누구에게 부탁하기도 어려울 텐데, 오래도록 지낸 터전을 바꾸어 떠나기는 두려운 일이었다.

원동 주변의 개발 분위기에 따라 조금씩 들려오는 소식도 두렵기는 마찬가지다. 그런 소식이 들려올 때마다 이곳에 머물 수 있는 시간도 얼마 남지 않았다는 생각이 들어 불안하지만, 선택의 여지가 없다.

"제가 (원동에) 한 10년 정도까지만이라도 있으면 나름대로
좀 펼칠 수 있지 않을까 생각을 하는데요. 주위에서 길어봐야
5년 그렇게 얘기들을 하니까 이게 자꾸 신경이 쓰이는 거예요.
그런데 뭐 어차피 어디 갈 데도 없고, 있을 때까지 최선을 다하며
살아야겠죠."

내가 머물며 일하고 있는 동네도 아파트 재개발 이슈가 있어서인지, 장인이 느끼는 불안과 두려움이 남의 일 같지 않았다. 우리는 옛것에 대한 추억과 느림의 미학에 대해 한참 대화를 이어갔다.

"도시 계획을 하는 분들은 나름 구상이 있겠지만, 여기 사는
우리들은 개발이 되는 게 좋은 면만 있는 건 아닌 것 같더라고요.
편리한 것보다도 조금 여유 있는 게 더 좋은 것 같아요.

현대인들은 안 그래도 많이 지쳐있잖아요. 힐링하기 위해 일부러 슬로 시티라고 하는 데도 찾아가고요. 세계테마여행 같은 프로그램도 보면 동남아 쪽에는 아직도 우리나라 60~70년대 수준의 생활을 하는 나라들이 많잖아요. 그런데 사람들 표정이 모두 행복해 보이더라고요. 예전에 저희 외갓집이 충북 영동 심천면에 각계리라는 곳이었거든요. 방학 때마다 외갓집에 가서 꼴 베고 용돈을 받거나 여름에는 참외 심고, 겨울에는 또랑에서 썰매 타고 그런 모습이 지금도 눈에 선하고 그리워요. 제가 지금 세천에서 텃밭을 가꾸는 것도 다 그래서 그런 것 같아요."

누구보다 기술의 변화에 빠르게 대응하고 새로운 배움을 멈추지 않는 장인이었지만, 그의 마음속 깊은 곳에는 익숙하고 편안한 삶에 대한 소망이 녹아있었다. 그 마음이 여태껏 장인을 원동의 작은 골목에 계속 붙잡아 두었던 것 같다. 나는 그저 장인의 기나긴 인생의 산책길이 계속 즐거울 수 있기를 조용히 바랐다.

"비 검사품도 기름 잘 주고 쓰면 검사품 못지않걸랑.
그러니까 자기네는 물 꼬박꼬박 마시면서 기계에다
기름 안 주면 뭐햐. 기계 보면 알아요. 기름 잘 주나 안 주나."

©추예린

## 감성 장인의 배려법 | 홍경석 장인 (전송정밀)

◎

2021년에 진행한 지역리서치 사업을 통해 원동을 방문할 기회가 종종 있었다. 특히 사업의 일환으로 마련한 '기록사무소' 공간이 원동 철공소 거리 한복판에 있어서 원동을 더 자주 찾았다. 구술 인터뷰를 진행할 철공소 장인을 섭외하려던 즈음, 기록사무소 바로 근처에서 공장을 운영 중인 한 장인이 아침 마실을 나오셨다. 조그만 테이블이 놓인 기록사무소에서 커피 한잔을 나눠마신 장인은 인터뷰 섭외에 흔쾌히 응해주셨다.

내가 만난 원동의 첫 인터뷰이, 바로 전송정밀의 홍경석 장인이었다. 장인이 운영하는 전송정밀은 기록사무소 바로 옆에 위치한 곳이었다. 차 한 대만 겨우 들어갈 만큼 좁은 골목에 자리하고 있는 자그마한 공장이었다. 우연히 첫 만남을 갖고 난 바로 다음 날에 장인을 다시 찾아갔다. 장인은 편히 짐을 놓고 앉으라며 공장 안쪽 깊숙한 곳에 있던 등받이 의자 몇 개를 꺼내어 주셨다. 배려가 온몸에 배어있는 분이라는 건 인터뷰를 시작하기 전부터 느낄 수 있었다.

어떤 일이든 첫 시작은 설레고도 두려운 법이다. 원동 철 공소 거리의 장인들은 한 가지 일을 오래 하면서 자부심이 강한 분들이라고 들어서 어떻게 이야기를 나눌지 떨리는 마음으로 장인과 마주 앉았다. 인터뷰 당시, 전송정밀 공장의 구석구석을 제대로 살펴보기도 전에 일단 대화부터 시작해야 했다. 낯선 이들의 갑작스러운 방문과 카메라 촬영까지 함께 마주한 상황 속에서도 장인은 자신의 이야기를 느긋하고 솔직담백하게 풀어주셨다.

홍경석 장인이 철공 업계에 종사한 기간은 약 35년 정도다. 50여 년 가까이 일을 해온 다른 장인들에 비하면 적은 기간이지만 결코 짧은 시간은 아니다. 1965년생인 장인은 인생의 절반이 넘는 시간을 철을 만지며 보내왔다. 학교를 졸업하고 처음 취직한 곳이 원동의 철공소였다. 원동에서 쭉 일하다가 다른 일을 해보고 싶어서 대전을 떠나 부산에 내려간 적도 있었다. 큰 회사에 들어가서 일도 해보았지만 도저히 적성에 맞지 않아, 작더라도 이것저것 마음껏 해볼 수 있는 자신의 사업을 시작하게 된 것이었다.

원래 장인의 꿈은 여행 가이드였다. 돌아다니는 걸 좋아해서 자유롭게 여행을 다니며 일하는 삶을 꿈꿨다. 학원까지 다

전송정밀은 골목 안쪽에 있다. 앞쪽 간판을 최근에 새로 바꿔 더 눈에 띈다.

니면서 준비했지만, 당장 돈을 벌어야 하는 여건 때문에 포기
해야 했다. 그러다 학교에 다니면서 방학 때마다 용돈벌이로
일해봤던 철공업 계통으로 일을 시작하게 된 것이다. 지금도
전송정밀 공장의 안쪽에는 철제 액자 속 여행지 곳곳의 사진
들이 장인의 마음을 달래고 있다.

청소년 시절에 장인이 원동의 철공소에서 아르바이트를
시작하기 전에는 이 동네에 와볼 일도 없었다. 1970년대 초
부터 원동과 정동 일대는 우범지대라고 하여 청소년 통행금

무겁고 단단한 금속 덩어리는 가공 과정에서 뜻밖에도
버들가지처럼 나긋나긋한 부산물을 만들어낸다.

지구역이었기 때문이다.

임다은  원동에 취업을 하시기 전에는 이 동네에 많이 오신
         적이 없으셨죠?
홍경석  온 적이 아니라 올 수도 없었어요. 우리가 미성년자일
         때, 원동은 미성년자 통행금지 구역이었어요, 이
         동네가. 미성년자들은 큰길로 다녔지, 뒷길은
         쳐다보지도 못했어요. 그러다 학교에 다닐 때 이제
         중학교 2학년, 3학년 때 아르바이트 하러 왔다 갔다
         하다가 이런 곳이 있다는 걸 알았죠. 그 전에는 이렇게
         (철공소 거리가) 있다는 것도 몰랐어요. 앞에 가게들만
         있는 줄 알았죠. 뒷동네에 이렇게 무시무시한 철공소가
         있다는 거 생각도 못했죠.

  당시 원동은 골목 사이사이마다 여인숙이 즐비하고, 이런
저런 사건, 사고가 날마다 일어나는 동네였다. 그 시절에 비
하면 지금의 모습은 양반이라며, 장인은 당시의 풍경을 생생
하게 묘사했다.

  "그때는 하루에 두 번씩 경찰차도 왔다 갔다 했어요. 서로
  술 먹고 싸우고 멱살 잡고 흔들고. 경찰서 갔다 오면 서로

화해하고, 또 술 먹고 싸우고. 그런 동네예요. 근데 지금은
예전에 비하면 양반이죠. 뭐 싸울 일도 없고. 서로 인상 붉힐
일도 없고. 그러니까 어렸을 때는 이 동네는 안 들어와 봤으니까
모르겠고요. 커서 이제 들어오니까 진짜 난리 난리 이런 난리가
없더만요. 술 한잔 먹고 형, 동생 하다가도 싸우면 경찰 부르고."

청소년이던 장인이 보기에는 아주 다이내믹한 장면들이
었다. 그럼에도 불구하고 그 시절 원동은 정이 넘치는 동네였
다. 서로 웃고는 있지만, 정이 조금 메마른 지금과 비교하면
장인은 가끔 그때가 그리워지기도 한다고 하셨다.

장인이 본격적으로 철공업 계통의 일을 시작했던 80년대
후반 당시 원동의 분위기는 지금과는 매우 달랐다. 그야말로
미니 공단의 전성기였다. 장인은 그 시절을 생각하면 동네가
아주 재미있었다고 추억했다. 사람도 많고 정도 많은 시절이
었다. 공장마다 기계 한 대당 한 명의 기술자가 있을 만큼 일
이 끊이지 않았고, 많게는 한 공장에 10명의 기술자가 모여
있는 곳도 있었다.

"낮에는 사람들이 안 보였어요. 점심시간하고 퇴근할 때만
보이는 거예요. 그 사람들이. 다들 기계 잡고 일하니까 볼 시간도

없죠. 그런데 퇴근 시간은 다 똑같으니까요. 이 동네 식당에도 전부 한 달씩 달아놓고 먹었어요. 어디나 술집이나 밥집은 꽉 찼었죠. 그 시기에는."

지금은 몇 개의 식당만 간간이 남아있지만, 당시에는 식당의 종류도 많고 어딜 가나 사람이 많았다. 장인은 동원식당과 경덕식당을 자주 다녔는데, 현재 경덕식당은 문을 닫았고 동원식당도 영업은 하지 않고 간판만 달린 채로 남아있다. 그 당시 식당에서는 주로 배달로 식사를 주문하곤 했다. 하긴 그 많은 공장의 기술자들이 비슷한 시간에 식당에 몰리면 자리가 남아나지 않았을 것 같다. 식당의 메뉴도 정해진 것이 없었다. 주방장이 그날그날 하고 싶은 대로 요리를 해주면, 인원수대로 식사를 주문해 먹는 식이었다.

잠깐 식사할 때를 빼고 작업시간에는 각자의 자리에서 열심히 일하다가, 퇴근 후에나 다른 공장의 기술자들과 마주칠 수 있었다. 퇴근 후 두부두루치기나 오징어두루치기와 함께 막걸리 한잔 하는 것이 바쁘고 고된 하루를 보낸 기술자들의 낙이었다. 한창 작업할 때는 다들 바빠서 얼굴 볼 시간이 없으니 퇴근 후 술 한잔이 철공소 장인들의 유일한 교류의 시간이었던 셈이다. 힘든 노동 후에 담소를 나누며 함께 마시는 술 한잔이 위로이자 행복이었다.

장인이 원동에서 처음 일을 배운 철공소는 주로 군납을 많이 하는 곳이었다. 지금은 간판은 없어졌고 건물만 남아있다. 처음 취업한 곳에서 거의 8년을 일했다. 망치로 얻어맞으면서 치열하게 기술을 배우고 일했던 현장이다. 가장 막내로 시작해서 8년 만에 공장장의 자리까지 오르기도 했다.

"거기는 군납을 많이 했어요, 군납. 그 세탁기에 들어가는
부속 같은 거. 포크레인 바가지에 들어가는 부속 같은 거.
그다음에 차. 지금 말로 우리는 베어링이라고 그러잖아요. 근데
부싱(bushing) 이라고 따로 있어요. 차에 들어가는 그거 부싱
가공 같은 걸 많이 했죠. 거기서 꼬맹이로 들어가서 공장장까지
해먹었으니까. 8년 동안."

장인이 원동에서 처음 일을 배우던 시기는 남선기공이 이미 대화동 공단으로 자리를 옮긴 뒤였다. 장인이 몸을 담아 일했던 철공소에서는 남선기공의 외주 일도 많이 맡아서 했다. 8년 정도 일하며 많은 기술을 익히고 공장장의 위치까지 올랐지만, 30대가 된 장인은 새로운 일을 좀 배워보고 싶었다. 첫 취업을 했던 정든 철공소를 그만두고 장인이 향한 곳은 부산이었다. 장인은 부산에 있는 배를 만드는 곳에서 2년 정도 일했다. 하지만 오래 버티지는 못했다. 다시 대전에 올라

전송정밀 내부. 좁고 긴 작업장 안에 각종 설비와 도구가
촘촘히 배치되어 원스톱 라인의 제작 공정이 가능하다.

와서 신탄진의 대기업에 다니는 등 적성에 맞는 일을 찾아 헤
매던 장인은 결국 오랜 시간을 지나 다시 원동으로 돌아왔다.

> "신탄진에 대기업도 다녀보고, 부산 내려가서 배 만드는 데도
> 다녀보고, 그 중간에 조금 방황해서 뭐 이것저것 많이 해봤죠.
> 미싱도 해보고, 병원 가서 시체도 닦아보고. 근데 또 결국은 배운
> 게 기술이라고 여기 다시 찾아오게 되더라고요."

7~8년 만에 다시 돌아온 원동의 분위기는 장인이 원동을 떠날 때의 분위기와 큰 차이가 없었다. 여전히 철공소 공장으로 빼곡한 동네였다. 지금은 역전시장 주차장이 된 자리도 전부 다 공장 자리였다. 조그마한 골목마다 양쪽으로 공장이 줄지어 있을 만큼 공장이 많았다. 달랑 하나 있는 우물에는 일이 끝난 저녁마다 기술자들이 하나둘 모여 각자 세숫대야와 비누를 들고 나와 열심히 그날의 땀과 피로를 닦곤 했다.

원동의 철공소 거리는 대전역과 가까워 타지에서 찾아오는 손님들도 많았다. 대전 근처의 옥천, 금산, 보은 등에서 고장 난 농기구를 수리하러 찾아오는 이들이 많았던 것이다. 그렇게 수요가 늘자 자연스레 너도나도 철공소를 옆에 차리면서 원동이 철공소 거리를 이루게 되었다. 대기업 중심의 큰 공장이 많던 신탄진 공단 쪽에 비하면 원동은 기술자 중심의 작은 공장이 많았다. 오히려 장사는 신탄진보다 원동이 나았다. 장인도 처음에 신탄진 쪽에서 '전송 종합 기계'라는 이름으로 2년을 일하다가 결국 원동으로 다시 돌아온 것이었다.

"장사는 신탄진보다 여기가 낫죠. 신탄진은 전부 다 대기업들이잖아요. 대기업에서 나올 일거리는 없어요. 제가 신탄진에서 처음 차릴 때 전송 기계 가지고 2년 있었는데,

신호제지 앞에서. 근데 거기서 나오는 일이 없어요. 자기
아이템이 있는 사람들은 그런 데가 좀 낫겠지만, 아이템 없고
뜨내기 받아먹을 수 없는 사람들은 거기 가는 게 아니에요. 저도
뭣 모르고 안에서 같이 해보자 그래서 시작했다가 2년 만에
손들고 나왔으니까요. 이쪽으로 다시 오게 된 거죠."

전송정밀의 이름은 그대로 가지고 왔다. 신탄진에 있을 때
함께 일했던 분이 전송 종합 기계라고 이름 붙인 것을 그대로
이어서 쓴 것이다. 무슨 뜻인지도 모르고 그냥 썼지만, 이제
는 전송정밀이 곧 장인을 대표하는 이름이 됐다. 한번 정해둔
이름이니 바꿀 필요를 못 느꼈다.

"내 이름보다도 많이 불리는 게 전송정밀이에요. 그러니까
전송정밀 그러면 나고, 내가 전송정밀이고."

홍경석 장인이 전송정밀에서 주로 다루는 기술은 크게 말
하면 제조라 할 수 있다. 세부적으로 나누면 프레스, 시보리, 선
반, 밀링, 용접 등이 있다. 문과생인 내게는 대부분 처음 들어보
는 생소한 단어들이었다. 한마디로 쇠나 나무로 할 수 있는 건
다 한다고 보면 된다. 유리만 빼고는 다 다룬다. 찾아오는 손님
에 따라 만들어 달라는 제품을 주문 제작해주는 식이다.

홍경석 장인의 밀링머신 위에 작업을 마친 제품이 놓여있다.

세부적인 기술을 좀 더 자세히 풀어보자면 '프레스'는 압축 가공 기계로 재료에 압축을 가해 일정한 모양을 만들어내는 기계를 뜻한다. '시보리'는 눌러 짠다는 뜻의 일본말인데, 원형 금속판을 회전시키며 눌러서 모양을 만드는 것이다. 또 '선반'은 금속이나 나무 같은 공작물을 회전시켜서 갈거나 파내거나 도려내는 데 쓰는 기계를 일컫는다. 반면 '밀링'은 공작물을 고정하고 공구를 회전시켜서 절삭하는 기계이다. 주로 동그랗게 깎는 것은 '선반' 기계로, 사각으로 깎는 것은 '밀링' 기계로 한다고 보면 된다. 마지막으로 '용접'은 그나마 익숙한 용어인데, 두 개의 금속을 녹여서 서로 이어붙이는 기술을 말한다.

원동에 있는 철공소도 대부분 선반, 밀링 기계를 활용한 기술을 가진 장인들이 많다. 지금도 원동에 자리하고 운영 중인 '대일기공사'에서 장인이 기술을 배운 직도 있다. 그때 배운 기술로 장인은 쓰던 기계가 고장 나면 스스로 수리를 하기도 한다. 과거에 경기가 좋을 때는 원동에 밀링 머신을 만들어 파는 철공소도 많았다. 하지만 현재는 기계 품질관리가 시행되면서 검사품과 비 검사품을 나누게 되어 예전처럼 기계를 판매하기가 쉽지 않다. 지금은 대부분 대기업에서 기계를 만들어 판매한다. 규모가 작은 철공소에서 만드는 기계들은 더 이상 설 자리가 없는 것이다.

"그 당시에는 조그마한 터만 있으면 기계 두 대, 세 대 세워놓고 막 만들고 팔고 그랬어요. 만들면 팔리니까. 그때는 워낙 이 계통이 경기가 좋으니까 너도나도 막 차릴 때라. 그러다가 어느 정도 시일이 지나니까 이제 검사품을 따지다 보니까 비 검사품은 쓰일 곳이 없는 거죠. 근데 막상 써보면 비 검사품이나 검사품이나 차이는 없는데. 쓰는 사람이 어떻게 쓰냐가 문제지. 검사품이라도 기름 안 주고 쓰면 똑같아요. 근데 비 검사품도 기름 잘 주고 쓰면 검사품 못지않걸랑. 그러니까 자기네는 물 꼬박꼬박 마시면서 기계에다 기름 안 주면 뭐햐. 기계 보면 알아요. 기름을 잘 주나 안 주나. 기계가 깨끗하면 기름을 안 주는 거고. 저렇게 흐리멍덩하고 시커머면 기름 잘 준 거고."

눈으로 볼 때는 자칫 더러워 보일 수 있는 시커먼 기름때 는 그만큼 잘 관리받는 기계라는 뜻이었다. 장인은 공장에 나 와 아침, 점심마다 기계에 기름을 준다. 그야말로 밥 먹듯이 기계에도 기름밥을 주는 것이다. 특히 프레스 같은 기계는 계 속 기름을 줘야 한다. 기름이 있어야 기계가 부드럽게 잘 돌 아가기 때문이다. 전송정밀에 놓인 장인의 기계들은 저마다 검은 때를 자랑했는데, 그 안에는 장인의 정성과 열성이 녹아 있었다. 장인의 이야기를 듣고 난 후부터 기계에 묻은 기름때 가 새삼 다시 보였다.

정해진 제작 공정을 거쳐 완성되는 제품 (오른쪽에서 왼쪽으로)

　하나의 제품을 완성하기까지 장인은 보통 네 개의 기계를 거쳐 작업을 한다. 네 군데의 공정을 거쳐야만 완제품이 하나 완성된다. 예전에는 기계마다 한 명씩 맡아서 라인이 흘러가기 때문에 짧은 시간에도 훨씬 많은 개수의 완제품을 뽑아낼 수 있었다. 하지만 최근에는 그만큼 주문이 없어서 장인이 홀로 네 가지의 공정을 처리한다. 공장의 입구 쪽에 제일 마지막 공정이 들어가는 기계를 배치해, 마무리하면 바로 출고할 수 있게끔 구성해두었다.

선반 기계로 작업한 제품과 원자재에 해당하는 금속 원기둥

　같은 프레스 기계인데도 모양을 내는 용도는 각기 다르다. 어떤 기계는 꺾는 용도로 쓰고, 또 어떤 기계는 둥그렇게 구부리는 용도로 사용한다. 납작한 일자 모양의 쇳덩어리를 필요한 각도와 모양으로 꺾고 구부려서 쓸모있는 형태로 완성하면 제품을 의뢰한 공장에 납품한다. 프레스 기계에 들어가는 금형 틀 역시 여러 종류의 선반, 밀링 기계를 거쳐서 만들어진다. 모든 것이 장인의 손끝에서 탄생하는 것이다.

　한 개만 만들어달라고 요청하는 손님도 있지만, 대량으로 작업하는 경우도 종종 있다. 한 번 만들 때는 수량이 만 개씩도 나오는데, 이 정도의 수량은 적게 만드는 경우다. 더 많을 때는 10만 개씩도 있다. 이럴 때는 1년 내내 같은 작업을 진행하게 된다. 장인이 혼자서 하루 12시간 일을 하면 보통 천 개 정도 만들 수 있다. 납품 날짜가 가까운데 시간이 부족할 때는 아르바이트생을 며칠간 쓰기도 한다. 같은 업종에 있는 장인들이 동네에 많아서 아는 분들에게 경력 있는 기술자를 소개받곤 한다.

기계는 보통 오정동이나 대화동 쪽에서도 많이 구매한다. 대덕구 쪽에는 기계만 전문적으로 취급하는 기계상이 많이 모여있다. 그런 업체에다 원하는 높이와 크기의 기계를 의뢰하면 사진을 찍어 보내준다. 사진을 보고 기계가 마음에 들면 찾아가서 확인하고, 계약하여 구매하는 방식이다. 역전시장 주차장이 생기기 전에는 원동에도 기계상이 하나 있었다. 주차장이 생기면서 건물이 없어지는 바람에 다른 곳으로 이사해서 이제는 주로 오정동이나 대화동에서 거래를 한다.

"그분들은 전국적으로 상대를 하시니까 제가 원하는
사이즈하고 크기만 말씀드리면, 전국에 있는 걸 다 수배해서
사진 찍어서 보내줘요. 그럼 이제 상태 보고 쓸 수 있나 없나
보는 건 제가 판단해서 구입을 해야 되죠."

요즘 전송정밀을 찾는 손님들은 대부분 단골이다. 예전에는 뜨내기손님들도 좀 있었는데, 지금은 주로 특정한 필요 때문에 찾아오시는 단골손님 위주다. 금형을 만들어 달라거나 제품을 찍어달라는 식이다. 초창기에 운영했을 때는 단골손님은 없고, 전부 다 뜨내기손님이어서 벌이는 오히려 더 좋았다. 단골손님과 뜨내기손님은 제공하는 제품의 단가 차이가 나기 때문이다. 단골손님에게는 아무래도 단가를 더 저렴하게 내어 줘야 했다. 뜨내기손님만 받아도 일이 많던 시절에는 오히려 단골손님을 잡으려 하지 않던 분위기였다. 그런데 점점 이렇게 뜨내기손님이 줄어든 데에는 여러 가지 이유가 있다.

"지금은 뜨내기손님이 하나도 없죠. 왜 그러냐면 대기업에서 기계를 만들 때, 전에는 그 부속을 안 만들었어요. 기계만 팔아먹었죠. 근데 지금은 부속을 10년 치를 갖고 있어 버리니까. 전화 한 통 해서 받다가 자기네가 끼면 되니까. 나올 일이 없는 거예요. 시골 사람들이."

기계나 금속 물품을 쓰다가 고장이 나서 수리가 필요하면 대전역 근처로 찾아와 몰리던 뜨내기손님이 많이 줄어든 것이 현실이다. 그래서 지금은 단골손님이 귀하고 감사하다. 여전히 멀리 서울, 부산에서도 전송정밀을 찾는 단골 거래처가

작업 대기 중인 부품들

세 군데나 있다. 팩스로 도면을 보내주면 물건을 만들어서 보
내주는 식으로 거래를 한다. 때로는 도면을 그리기 어려운 손
님들이 찾아와 말로 설명을 하는데, 그럼 장인은 이야기를 듣
고 그 자리에서 도면을 쓱쓱 그려내곤 한다.


임다은    디자인을 배우셨거나 원래 그림에도 소질이 있으셨던
         건가요?
홍경석    아니요. 아무것도 없어요. 이거 시작하면서 자꾸

홍경석 장인이 그린 드로잉

그리다 보니 그렇게 된 거죠. 왜 그러냐면 손님들이 설명하면 알아듣기는 하는데, 그분한테 그림으로 보여줘야 할 거 아니에요. 이렇게 만들면 되냐고요. 그렇게 하다 보니까, 혼자 끄적끄적하다 보니까 된 거죠, 그게.

디자인을 전공하거나 도면 그리는 법을 정식으로 배운 적은 없는 장인이지만, 오랫동안 이 분야에서 일을 하다 보니

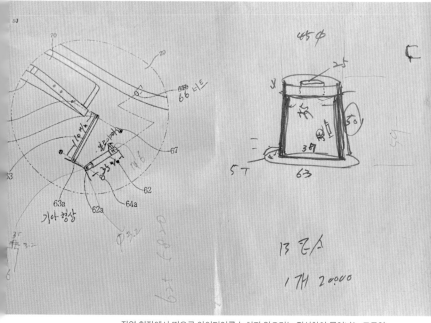

작업 현장에서 떠오른 아이디어를 놓치지 않으려는 절실함이 묻어나는 드로잉

제작을 위한 드로잉에도 절로 능동해졌다. 손님의 요구사항을 듣고 종이에 쓱쓱 스케치하고 보여주면, 훨씬 더 빠르고 원활한 소통이 가능하다. 장인의 능력은 이뿐만이 아니다. 도면을 그리는 작업은 손님과의 소통을 위해 꼭 필요한 과정이지만, 개인적인 창작 활동을 할 때 스케치 따위는 필요 없다. 그냥 머릿속에서 생각나는 대로 손을 움직이면 어느새 근사한 철공 작품이 뚝딱 완성된다. 그렇게 해서 만들어진 장인의 창작품들이 전송정밀 공장 곳곳에 숨어있다.

작업 중인 홍경석 장인

"그냥 생각나고 시간 되면은 멍청히 앉아 있기 뭐 하니까
움직이는 거예요. 이것도 한번 해볼까. 저것도 한번 해볼까.
영감? 아니에요. 그냥 가만히 앉아 있다가 심심하잖아요. 그럼
재료 찾아보면 아, 이걸 이렇게 해보면 좋겠다. 그러면 시작하는
거예요. 그럼 이렇게도 잘라보고 저렇게도 잘라봐서 붙여보고
떼어보고 그러면 하나씩 나오니까. 그 재미로."


여러 가지 재미난 작품들이 있는데, 그중에서도 가장 눈에

띄는 작품은 바로 전송정밀 공장 입구 앞에 놓인 세탁기와 화분대이다. 애초 전시용으로 만든 작품인데, 아주 독특한 모양인데다가 실용적이기까지 하다. 네 개의 바퀴 위에는 화분이 몇 개 올려져 있고, 그 옆으로 커다란 세탁기가 묶여있다. 고물 세탁기가 아니라 장인이 매일 작업복 빨래를 하기 위해 사용 중인 세탁기다. 기름때가 묻은 더러운 작업복을 집에 가져가기 미안해서 장인이 직접 빨래를 하는 것이다. 화분에는 아침저녁으로 정성스레 물을 주는데 특히 알로에는 비를 많이 맞으면 썩을까 봐 비가 올 때는 우산까지 씌워둔다.

"저 알로에는 유용하게 잘 써요. 이 동네 사람들이 화상 입거나 데고 그러면 잘라다 바르고 그러는 거죠. 이 동네 사람들은 전부 다 막 쇠를 깎으니까. 쇠똥이 튀면 데기도 하고, 산소 하다가 데기도 하고, 용접하다가 데기도 하니까. 필요하신 분 오면 잘라가라고 그러죠."

알로에는 화상이나 찰과상, 피부 염증 같은 피부질환에 치료제로 자주 사용되는 식물이다. 일의 특성상 자주 다치는 철공소 장인들에게는 특히 아주 유용하게 쓰인다. 장인 역시 일하다가 다치는 경우가 꽤 많았다. 손가락 부러지고 데는 정도는 아무것도 아니라 말할 정도로 크게 다친 적도 많다. 가족

홍경석 장인의 로봇 작품. 휴일 한낮에 창조길에 나타난 외계 생명체!

들의 걱정도 늘 많지만, 제일 잘할 수 있는 일을 관두면서까지 직업을 바꿀 수는 없는 일이었다. 그런 기술자의 삶을 누구보다 잘 아는 장인이기에 조금이나마 동료 장인들에게 도움이 되고 싶었다.

장인뿐 아니라 원동의 철공소에는 화분에 화초를 키우거나 식물을 사랑하는 장인들이 꽤 많다. 딱딱하고 차가운 쇠를 만지는 분들이라 어딘가 잘 안 어울리는 조합이라는 생각이 들었지만, 오히려 원예에 진심인 장인들이 많았다.

임다은   이 동네에 이렇게 식물을 좋아하시고 키우시는 분들이
       꽤 계시더라고요.
홍경석   예. 다들 이렇게 억센 쇠를 만져서 그렇지. 속으로는
       섬세하신 분들이라 감성도 있고, (식물에) 물도 주고,
       아주 잘 키우는 분들 많아요. 사람들이 좀 뻣뻣해
       보여서 그렇지.

장인이 만든 또 다른 작품 중에는 양손으로 만세를 외치며 크게 입을 벌리고 있는 귀여운 로봇도 있다. 동그란 안경에 빨간 눈동자가 표정에 생동감을 더해준다. 모두가 본래의 쓸모를 잃은 고철로 만든 작품이다. 커다랗고 딱딱한 기계로 가득 찬 전송정밀 공장 한쪽에서 익살스럽게 인사를 건네는 마

홍경석 장인의 작품 「반짝이는 말」

스코트 같은 친구이다.

2019년에는 원동에 있는 창조길 대장간에서 「2019 철공 매스티지 전시회」를 열었는데, 그때 원동의 몇몇 장인이 예술 작가들과 함께 힘을 모아 작품을 만들었다. 각자의 개성과 매력을 담아 여러 가지 모양의 철공 예술 작품을 탄생시킨 것이다. 철공 장인들의 기술과 예술인들의 아이디어가 모여 원동에 새로운 창작의 기쁨을 가져다준 시간이었다.

장인 역시 이때 두 개의 작품을 출품했다. 하나는 「반짝이

는 말」이라는 제목의 작품인데, 앞에는 둥그렇고 큰 조명이,
꼬리 쪽에는 붉고 작은 조명이 달린 말이다. 주변에 있는 조
명이 밋밋해서 새로운 시도를 해본 것인데, 장인을 닮은 말을
형상화해 표현했다. 또 다른 하나는 「자전거 조명」이라는 작
품이다. 이 작품은 크고 작은 자전거 바퀴에 조명을 달아 멋
스럽게 만들었는데, 지금도 공장의 입구 쪽 천장에 달려 조명
등의 역할을 하고 있다. 장인이 타던 자전거를 분해해서 만든
작품이다. 민트색의 철제를 활용해 장인만의 감성을 담아 만

든 것으로, 어느 빈티지 상점이나 카페에 있어도 전혀 손색없을 만큼 멋스럽다.

지금도 만들어보고 싶은 게 이것저것 많다는 장인의 작업 방식은 그야말로 브리콜라주(Bricolage)의 대가다웠다. 작품 구상을 구체적으로 하고 만들기 시작하는 것이 아니었다. 구상하기 시작하면 그 자리에서 바로 뚝딱뚝딱 만들어 버리기 때문이다. 뭔가 만들고 싶은 게 생각나면 그냥 바로 가지고 있는 물건 중에 재료를 고르거나 고물상에 가서 재료를 사다가 만든다. 재미난 아이디어만 떠오른다면 철을 이용해 못 만들 것이 없다.

창조길 대장간에서 진행했던 활동은 원동 철공소 장인들의 예술혼을 깨우는 기회가 되었다. 방치되고 비어있던 건물이 원동 장인들의 사랑방이자 문화예술 창작 공간이 된 셈이다.

"그때는 이 동네 사람들 단합시키려고 창조길 대장간에서
많이 애를 썼죠. 작가분들 모셔다가 뭐 여러 가지 가르쳐주고
하더만요. 배울 것도 있었고. 저희가 못 따라 하는 것도 좀
있었고요. 그분들 덕분에 서먹서먹했다가 더 친해진 사람도
있고. 원래 또 알던 사람들은 '아이고, 왔어.' 하면서 인사 한 번 더
할 수도 있었고요."

창조길 대장간이라는 공간이 생기면서 장인들 간의 네트워크가 이루어지긴 했지만, 사실 원동 철공소의 막내인 장인 입장에서는 다른 철공소 장인들과 아주 격의 없이 지내기는 영 쉽지 않았다. 다들 아버지뻘의 연배와 연륜이 높은 분들이었기 때문이다. 계모임을 하는 장인도 몇몇 있지만, 장인은 아직 거기에도 낄 수 있는 나이가 안 된다고 웃으며 말씀했다. 그래도 지나가다가 마주치면 서로 커피 마시고 가라며 붙잡기도 하고, 두루두루 친하게 지내는 정겨운 창조길의 장인들이다.

예전에 사람들이 북적이던 시절에는 각 공장의 사장들과 직원들의 모임이 따로 있기도 했다. 공장의 직원들끼리 모이면 임금을 얼마나 올려줬는지 묻기도 하고, 사장들끼리 모이면 임금을 동일하게 하자는 이야기가 서로 오고 가기도 했다. 그런데 지금은 서로 속사정을 다 아니까 오히려 지내기는 더 편하다고 한다. 예전만큼 일이 많지 않아서 공장마다 직원을 여럿이 두기보다 장인이 혼자서만 일하는 경우가 많기 때문이다.

중학생 시절부터 원동에서 아르바이트를 하며 선배들에게서 기술을 익힌 장인은 지금까지 오래도록 작업을 하는 장인들이 존경스럽다고 한다. 80대를 코앞에 둔 연세가 지긋한 장인, 다리가 불편해도 나와서 꿋꿋이 일하는 장인들을 보며 그는 많은 것을 배운다. 정년이 없는 기술직이라고 하지만, 선배 장인들만큼이나 과연 오랫동안 일할 수 있을지 확신하기 어렵다. 아직도 원동 창조길의 막내인 장인이지만, 쇠도 씹어 먹을 만큼 한창때에 비하면 지금은 체력이 많이 약해진 것을 느낀다. 그 시절에는 월요일부터 금요일까지 매일같이 밤 9시가 다 되도록 야근하는 것이 당연한 일상이었다.

최근 장인의 일상은 그때만큼 일이 많지는 않지만, 그래도 여전히 바삐 움직인다. 항상 새벽 4시에 기상하는 장인은 5시 50분이 되면 집에서 출발한다. 장인이 거주하는 유성구 송강동에서 약 18km 떨어진 동구 원동까지 오려면 한 시간 가까이 걸리기 때문이다. 일요일을 제외하고, 월요일부터 토요일까지는 매일같이 7시면 원동에 도착해 공장의 문을 활짝 연다. 그리고 저녁 7시까지 꼬박 12시간을 꽉 채워 일하고, 자정이나 되어야 잠자리에 든다. 매일 겨우 4시간만 취침하는 셈이다. 일요일은 온전히 자유를 누릴 수 있는 자신만의 시간인데, 주로 혼자 돌아다니거나 등산을 하는 편이다. 매일 공장에서 시끄러운 기계 소음을 듣다 보니 평소에는 조용한 걸 좋아하는 편이다.

장인의 가족은 한집에서 네 식구가 옹기종기 모여 사는데, 두 살 터울의 20대 초중반인 두 아들과 아내와 함께 지낸다. 아내의 수고를 덜기 위해 작업복 빨래도 공장에서 직접 하는

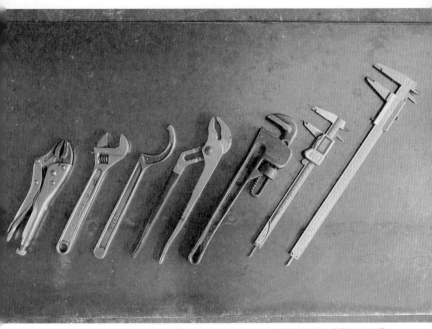

장인의 손이나 다름없는 도구들

장인은 아침저녁으로 역전시장에 들러서 필요한 거나 가족들이 먹고 싶은 걸 사가는 다정한 남편이자 아버지다. 멀리 유성에 사는 아내가 역 근처의 시장까지 나오기가 번거롭기 때문이다. 장인의 배려심은 일터에서나 가정에서나 다르지 않다.

원래 장인이 태어난 지역은 대전이 아닌 전주였다. 전주에서 초등학교 4학년 때 대전으로 이사 왔는데, 그때 처음 자리

157

홍경석 장인의 모습을 보면 철을 다루는 이들은 철을 닮았다는 말이 절로 나온다.

잡았던 동네는 동구 대동이었다. 사실상 초등학교 졸업부터 중학교, 고등학교까지 쭉 대전에서 지냈으니 대전이 고향이나 다름없다. 지금은 멀리 유성구 송강동에 살고 있지만, 대동에 살 때만 해도 원동과 거리가 가까워서 걸어서 출퇴근하곤 했다. 철공소 거리의 다른 장인들 역시 원동 근처에 사는 분들이 많다고 한다.

꽤 오랜 시간 원동에서 일하며 변해가는 동네 모습을 쭉 지켜봐 온 장인은 바라는 바가 분명히 있다. 바로 지금 이 모습 그대로 사라지지 않고 꾸준히 있기를 바라는 것이다. 대전역 인근의 역세권 개발로 여러 이야기와 소문이 오갈 때마다 불안한 마음이 크다. 원동의 공장들은 대부분 세입자인데다가 특히 젊은 장인들의 경우에는 아직 해야 할 일이 많이 남았기 때문이다.

"연세 드신 분들은 개발하는 걸 원하죠. 자기네가 나이 먹고
이제 얼마나 더 하겠냐, 이렇게 생각하시는 거고요. 그래도 젊은
사람들은 이 동네가 저렴하고 일하기도 좋으니까 더 있었으면
좋겠고요. 저 같은 경우도 여기선 20평이라도 쓰고 있는데,
이 돈 갖고 다른 데서는 턱도 없어요. 들어오는 수입은 정해져
있는데 나가는 지출이 많아지면 안 되니까요. 공구상가나
재료상도 가까워서 좋은데, 그놈의 역세권 개발을 하도

떠드니까 다들 불안하죠."

최근에는 원동에 구제 옷가게가 많이 생기면서 미니 공단의 명성을 찾기도 쉽지 않다. 예전에는 공구상가나 철공소가 훨씬 많아서 원동 하면 공구 거리나 미니 공단이라는 인식이 있었는데, 이제는 구제 거리로 인식되는 경우가 많다. 택시를 타고서 원동에 가자고 하면 대부분 구제 거리를 가느냐고 묻는다. 예전에는 공구 거리에 가느냐고 물었는데 말이다. 이런 변화가 장인은 못내 서운하기도 하다.

장인의 공장은 특히나 구제 옷가게가 즐비한 대로변과 가까워서 이러한 변화가 더 빨리 와닿았을 것이다. 전송정밀은 다른 공장에 비해 좁은 골목 안쪽에 위치해서 주차도 불편하고, 눈에 잘 띄지도 않는다. 그런데도 장인은 이곳에서 이 모습 그대로, 지금 함께하는 이들과 오래도록 같이 지낼 수 있기를 바란다.

장인은 매일 출근하면 원동의 철공소 거리 구석구석을 한 바퀴 돌며 산책하곤 한다. 오며 가며 마주치는 장인들과 인사를 나누고, 혹여나 상중에 계신 분은 없는지 확인한다. 그렇게 다니다 보면 서로 얼굴도 보고 차도 한잔 마시며 이야기하고 함께 웃고 떠들 수 있다. 공장에 들어와 앉아 있으면 각자 일을 하느라 서로 얼굴을 볼 일이 없으니 말이다.

외부인의 시선으로는 잘 보이지 않는 속사정이 어디에나 존재할 것이다. 내 눈에는 근사한 거리처럼 느껴지지만 이곳 원동 철공소 거리의 사정도 마찬가지일지 모른다. 겉으로 볼 때는 쉬이 알 수 없는 이야기들이 이곳에도 있을 것이다. 원동의 속사정을 몇 번의 만남과 몇 마디의 이야기로는 차마 다 알수 없다. 다만 원동에 발과 마음을 진득하게 붙이고 사는 장인의 다정한 간섭이 부디 오래도록 지속될 수 있다면 좋겠다.

# 어딘가에는 존재하는

◎

2021년 6월 초, 처음으로 원동의 철공소 거리를 거닐던 날을 기억한다. 쇳덩어리를 뚝딱거리는 차가운 소리와 묵직한 기름때가 켜켜이 쌓인 기계 내음이 낯설게만 느껴지던 것이 벌써 1년 전이다. 지금 내게 원동의 철공소 거리는 반가운 얼굴들이 있는 익숙한 골목이다. 여러 차례 창조길을 오가며 장인들과 눈을 맞추고 인사를 나누다 보니 이제는 내게 먼저 말을 걸어주시기도 한다. 내 사진은 왜 안 찍어 가냐며 마음껏 찍으라는 말씀도 건네주신다.

책을 쓰며 세 분의 장인을 꽤 여러 차례 깊이 만났지만, 창조길 어딘가에는 여전히 내가 잘 모르는 각종 분야의 장인들이 빛을 내며 존재하고 있다. 그들은 각자의 자리에서 묵묵히 땀을 흘리며 하루하루를 채워간다. 서로의 안부를 물으며 반갑게 마주하고, 찾아오는 손님들과도 정답게 거래한다. 오랜 세월이 선물한 그 소소한 행복의 풍경을 지켜보면 덩달아 미소 짓게 된다. 이제 철공소 거리는 내게 낯설고 무서운 골목이 결코 아니다.

세 분의 장인을 만나기 위해 창조길에 들락날락했던 나의 발걸음은 시간이 지날수록 더 가벼워졌다. 연락 없이 찾아가 불쑥 얼굴을 들이밀어도 늘 반갑게 맞아주셨다. 바쁜 시간을 기꺼이 내어주시고, 어려운 기술 용어들을 잘 알아듣지 못하는 내게 하나하나 천천히 설명하며 보여주느라 애쓰신 장인들께 진심으로 감사드린다. 그분들의 삶을 만난 덕분에 나의 세계는 한층 더 넓어지고 깊어졌다.

강철처럼 단단하지만, 연둣빛 잎사귀처럼 생명력 넘치는 장인들의 바람은 전혀 거창하지 않았다. 이제껏 그래왔던 것처럼 무탈하고 건강하게 계속 이곳에서 일할 수 있기를 바랐다. 그들의 소박한 진심이 이토록 오랫동안 한 가지 업을 계속 이어올 수 있었던 장수의 비결이지 않을까 싶었다.

빠르게 변화하는 세상 속에서 '한결같다'라는 형용사가 이토록 가슴에 와닿은 것은 창조길 어딘가에서 오래도록 자리를 지키며 자신의 업을 이어가는 장인들의 삶을 엿본 덕분이었다. 장인정신(匠人精神)이라는 말이 무색해진 요즘 시대에 한 가지 일에 심혈을 기울이고 오랜 시간 노력해온 장인들을 만날 기회를 얻은 건 정말 행운이었다. 조금만 힘들면 금방 포기해버리는 게 너무나 당연한 시대에서, 참고 견디고 버티며 땀과 기름때로 뭉친 진한 삶의 이야기가 어쩌면 낯설게 느껴졌을지도 모르겠다. 부디 이 책장을 덮는 모든 이의 삶 속에 어딘가에는 존재하는 고귀한 장인정신이 조금이나마 스며들 수 있다면 좋겠다.

어딘가에는 도심 속 철공소가 있다.
지난 시간의 흔적이라 여기며 돌아서기엔 아쉬운
어느 골목 끝에 오늘도 열심히 돌아가는 기계들이 있다.

서울에서 대전으로 옮겨온 지 6년. 학생들과 원도심을 기웃거리다 골목 이야기를 채집하기로 한 게 계기였습니다. 거기엔 오래 묵은 이야기가 켜켜이 쌓여 있었습니다. 이걸 언제 다 캐낼까 조바심이 일기도 했습니다. 하루가 다르게 개발 압력이 밀고 들어와 골목이 사라지고 있거든요.

하루는 대전역 남쪽 끝으로 가보았습니다. 북적이는 역전시장을 지나니 갑자기 한적한 듯, 다부진 인상의 거리가 나타났습니다. 빼꼼히 열린 문 사이로 불꽃이 일고 거친 쇳소리가 새어 나왔습니다. 이곳이 말로만 듣던 '철공소 거리'였습니다. 학생들과 이곳 사람들의 이야기를 듣게 되었습니다. 반세기에 걸친 우여곡절과 화양연화의 인생 스토리가 기름때와 범벅이 되어 우리를 붙잡았습니다. 한 학기를 여기서 보낸 후, 철공소 장인들 이야기를 잡지로 내고 전시도 했습니다. 그래도 뭔가 아쉬움이 남았습니다. 그러던 차에 이유 있는 초대장이 날아왔습니다. 우리는 이 이야기를 '어딘가에는' 있을 눈밝은 독자를 위해서 책을 내기로 했습니다.

조금 다른 이야기를 해보려고 합니다. 처음 듣는 지명, 낯선 사람, 생소한 사물 들이 등장해도 놀라지 마세요. 몰랐던 사실을 알게 되고, 이미 알던 것도 새롭게 보일 테니까요. 어쩌면 평소 접하지 못하고 또 그냥 지나치기 쉬운 사연들 속에 지금 내가 살아가는 생생한 모습이 담겨 있을지도 모릅니다. 찬찬히 보면 우리 둘레에는 함께 나눌 만한 매력적인 것들이 참 많습니다. 서울이나 수도권, 대도시가 아닌 곳에도 자신의 생활과 일을 아름답게 가꾸는 사람들이 있습니다. 세상에 많이 알려지지 않았지만 시간의 풍화를 견디고 새로운 파도를 타고 온 지역의 삶을 여행처럼 만나보시길 바랍니다.

　강원도 고성의 온다프레스, 충북 옥천의 포토밭출판사, 대전의 이유출판, 전남 순천의 열매하나, 경남 통영의 남해의봄날. 다섯 출판사에서 모은 반짝이는 기록들을 소개합니다. 각 지역의 다채로운 이야기가 진솔하고 한결같은 형태로 모인 것은 안삼열 디자이너의 손길 덕분입니다. 앞으로 이어질 '어딘가에는' 책들도 많이 기대해주세요.

어딘가에는 도심 속 철공소가 있다

초판 1쇄 2022년 7월 7일

지은이      임다은
펴낸이      이민·유정미
편집        최미라
본문조판    사이에서
그림        추세아
사진        임다은, 고모부

펴낸곳      이유출판
주소        34630 대전시 동구 대전천동로 514
전화        070-4200-1118
팩스        070-4170-4107
메일        iu14@iubooks.com
홈페이지    www.iubooks.com
페이스북    @iubooks11
인스타그램   @iubooks11

©임다은, 2022
ISBN      979-11-89534-28-8 (03800)